KB078567

승유 장편 소설

FUSION FANTASTIC STORY

월드 플레이어

WORLD PLAYER

월드 플레이어 6

승유 장편 소설

초판 1쇄 찍은 날 § 2015년 11월 5일
초판 1쇄 펴낸 날 § 2015년 11월 12일

지은이 § 승유
펴낸이 § 서경석

편집책임 § 고승진

펴낸곳 § 도서출판 청어람
등록번호 § 제387-1999-000006호
등록일자 § 1999. 5. 31
어람번호 § 제1-2278호

주소 § 경기도 부천시 원미구 부일로 483번길 40 서경B/D 3F (우) 14640
전화 § 032-656-4452 팩스 § 032-656-4453
http://www.chungeoram.com
E-mail § chungeorambook@daum.net

ISBN 979-11-04-90495-0 04810
ISBN 979-11-04-90304-5 (세트)

승유 장편 소설

FUSION FANTASTIC STORY

월드 플레이어 6

WORLD PLAYER

월드 플레이어

WORLD PLAYER

CONTENTS

제1장	반격(Counterattack)	7
제2장	계속되는 공격	31
제3장	시작된 전쟁	49
제4장	락 온(Lock On)	75
제5장	공방전	93
제6장	르자크	113
제7장	트윈 코어(Twin Core)	133
제8장	거침없는 전진	151
제9장	임전무퇴	169
제10장	가슴속에 새긴 아픔	185
제11장	아게로, 아제로	203
제12장	코어 획득	223
제13장	운명(Destiny)	247
제14장	스피어의 종착점	263
제15장	최종전 준비	277

제1장

반격(Counterattack)

"축하드립니다."

"아닙니다. 축하받을 자격이 있는지 모르겠습니다."

"태풍도 아주 잔잔한 바람에서 시작하는 법이죠. 모든 스피어러가 느꼈을 겁니다. 이제 변이체들과의 싸움이 새로운 국면에 접어들었다는 사실을 말이죠."

사무실 안.

적막이 감도는 가운데 동원과 김혁수는 약간의 거리를 두고 마주 앉아 커피를 마시고 있었다.

이정우는 예정된 오염지대의 탐사를 위해 출발했고, 탐

사팀에 소속되지 않은 동료들은 모두 휴식을 취하러 간 상태였다.

이유리만이 사무실 밖에서 주변 방벽과 소속 스피어러들의 상태를 점검하며 다시 한 번 확인하는 정도였다.

"정우 씨와도 충분한 이야기를 했지만, 동원 씨와는 또 다른 이야기를 하고 싶군요. 우선은 결론부터 말씀드리고 대화를 시작하고 싶습니다. 제 과오와 실수, 그리고 실패를 만회할 수 있도록 기회를 마련해 주셨으면 합니다. 간부나 그런 자리는 혹여 권한다고 하더라도 하지 않을 생각입니다. 그저 일개 클랜원의 위치도 상관없습니다."

"마음을 정리하신 겁니까?"

"거의 정리됐습니다. 물론 저의 오판으로 인해 희생된 동료들에게는 여전히 할 말이 없긴 하지만, 결국 제 피를 제물 삼아 쌓아올린 결과물로 씻어내야 하지 않겠습니까. 이대로 도망쳐 버리면 도망자만 될 뿐."

"쉽지 않은 결정을 하셨군요."

동원이 고개를 끄덕였다.

스피어러 커뮤니티상에서의 여론은 김혁수의 생각과 비슷했다.

김혁수에게 여전히 곱지 않은 비난의 시선이 있는 것이 사실이지만, 그가 첫 번째 빅 웨이브를 성공적으로 막아낸 공로부터 시작해서 굵직한 성과들이 있다는 것을 스피어러들은 잘 알고 있었다.

그래서 스피어러들은 김혁수의 말대로 그가 과오를 씻을 수 있도록 기회를 갖기를 바랐다.

좋게 말하면 한 번의 기회를 주는 것이고, 나쁘게 말하면 죽음으로서 그 죗값을 씻어내라는 것이었다.

김혁수의 생각도 별반 다르지 않았는지, 그는 미련 없이 자신의 목숨, 즉 피에 대한 이야기를 언급했다.

"부담을 드리고 싶은 생각은 없습니다. 편하신 대로 하시면 됩니다."

"앞으로 힘을 보탤 수 있게 해주십시오. 그게 전부입니다."

"다시 돌아오신 것을 정말 환영합니다. 기다리고 있었습니다."

꽉.

동원과 김혁수가 손을 맞잡았다.

과거에는 서로를 인정하면서도 한편으로는 경계하고 견제하는 사이로서 다소 불편한 관계였던 두 사람.

하지만 모든 것을 내려놓고 초심으로 돌아온 김혁수의 모습은 여느 때보다도 편안해 보였다.

클랜과 클랜 사이의 이권 다툼, 서열 경쟁, 견제에서 해방된 그의 얼굴은 예전처럼 항상 무표정하거나 일그러져 있지 않았다.

"다른 문제는 신경 쓰지 않으셔도 됩니다. 감사히 저를 받아주신 부분에 대해서도 제 트위터를 통해 사람들에게 알릴 생각입니다. 괜한 오해를 받게 하고 싶지는 않습니다."

김혁수는 동원이 문제가 있는 과거를 가진 자신을 받아주었다며, 김혁수를 비난하는 사람들이 블랙 헌터까지 도매금으로 욕할 것을 염려했다.

동원은 그 부분에 대해서까지 뭐라고 하지는 않았다. 김혁수가 하고 싶은 대로 하게 두는 것이 좋을 것이다.

"완벽하게 파악을 한 것은 아니지만, 어렴풋이 짐작은 하고 있습니다. 앞으로의 행보는 코어를 획득하기 위한 행보가 되지 않을까 싶군요."

"궁극적인 목적은 그렇게 될 겁니다. 코어가 사라지면 이그라드의 힘의 근원이기도 한 변이체들이 대거 사라질 것이고, 그렇다면 전투는 한결 수월해지겠죠."

가입에 관련된 대화를 끝낸 동원과 김혁수는 화제를 바꿨다.

그는 긴 시간을 사람들의 시선에서 사라져 조용히 지냈

지만, 주변의 돌아가는 상황이나 정보는 잘 알고 있었다.

그의 가온은 무너졌지만, 그가 가진 정보 네트워크는 여전히 건재했다.

정부 쪽에 닿아 있는 정보망도 여전히 음으로 양으로 연결되어 있었고, 정부 차원에서도 관리하고 있는 포탈을 넘어가 전진 기지를 구축하고 있는 만큼 필요한 정보들을 가지고 있었던 것이다.

하지만 정부가 대한민국 내의 스피어러들을 휘어잡고, 통제하고, 일괄적인 명령을 내릴 만큼 파급력이 크지는 않았다.

우선 정부에 소속된 스피어러들이 많지 않은 데다 그들의 실력이 대단치 못했다.

이것은 특수 시설, 특수 훈련, 고가의 장비 따위로 무장을 시킬 수 있는 군인이 아니었다.

개개인의 역량이 매우 중요하고, 그들 스스로가 보상을 쟁취해내야 했다.

그러다 보니 실력 있는 스피어러들은 블랙 헌터와 같이 빠르게 상황의 흐름에 적응하며, 자신에게 더 많은 정보와 이득을 가져다줄 수 있는 곳을 원했다.

정부는 항상 한발 늦었고, 비 스피어러들이 지도 체계 여기저기에 섞여 있어 잡음이 많았다.

그래서 언제부터인가 정부 소속 스피어러들의 역할은 스피어러 범죄자들을 단속하고, 문제가 있을 경우 그들을 제압하고, 필요한 아도네스 행성의 정보들을 수집해서 분석하는 역할로 바뀌었다.

점점 이탈은 심화되고 있었고, 정부에서 빠져나온 스피어러들은 각각 블랙 헌터를 포함한 상위 클랜으로 유입되고 있는 중이었다.

"코어의 힘, 어떻습니까?"

"힘은 두 배, 민첩성은 절반 이상이 늘어났습니다. 각각의 코어들은 다른 힘과 능력을 가지고 있는데, 아마 한 사람이 이를 모두 손에 넣으면 그야말로 괴물이 되겠죠."

"제 눈앞에 있는 사람 말입니까?"

"하하, 얘기가 그렇게 되나요?"

"그동안 듣고 수집한 정보를 모두 정리한 제 판단은 그렇습니다. 코어의 힘, 그 힘은 전부 한 사람이 손에 넣어야 합니다. 분명 이그라드에도 절대적인 힘을 가진 존재가 있을 것이고, 그 존재를 상대로 스피어러들은 고전을 하게 되겠죠. 거인 하나를 상대하는 데 난쟁이 일곱보다는 그보다 조금 작은 거인이 승률이 더 높지 않겠습니까? 코어의 힘은 한 사람에게로 통합되어야 합니다. 그리고 첫 번째로 코어의 힘을 손에 넣은 것이 리더, 바로 동원 씨죠."

김혁수는 날카롭게 상황을 짚었다.

그는 호기심 때문에 다른 클랜의 동의를 얻어 잠시 아도네스 행성에 포탈을 통해 넘어갔다 온 것이 전부였지만, 마치 브리그 족의 개체들을 만나 대화를 나누고 이야기를 들은 것처럼 상황의 핵심을 꿰뚫고 있었다.

"쉽지는 않을 겁니다. 모두의 생각이 우리 같지는 않을 겁니다."

"후후, 그렇겠죠. 예전의 저였다면 최소한 스포트라이트를 받아보고 싶다고 생각했을 테니까요. 제가 주제넘게 한마디 더 해도 되겠습니까?"

"얼마든지요. 도움이 됩니다. 편하게 말씀하세요."

자신의 말을 경청해 주는 동원의 모습에 김혁수는 자신이 생각하고 있던 바를 더 털어놓기로 했다.

동원과는 대화가 쉽게 통하는 느낌이었다.

동시에 동원에게서는 남들과 다른 특별함이 느껴졌다.

빅 웨이브 때도 느꼈던 것이지만, 이 사람은 충분히 리더가 될 만한 자질이 있었고, 역량이 있었다.

그래서 오염지대 탐사에서 동원의 블랙 헌터 클랜이 성과를 냈다고 했을 때 평소의 그답지 않게 마음이 조급해졌다.

클랜 중심의 축이 가온에서 블랙 헌터로 넘어가게 될 것이라는 생각이 들었기 때문이다.

거기서 평정심을 잃었고, 결과물이 지금이었다.

지금 생각해 보면 정말 어리석고 또 어리석은 자신의 판단이었다.

얼굴이 부끄러워지는 일이다.

"이제는 선택을 해야 합니다. 상생하는 가운데 대한민국 클랜의 중심점을 블랙 헌터에 둘 수 있도록 안배할지, 아니면 다른 클랜들을 눌러서라도 블랙 헌터의 위상을 더욱 높일 것인지. 코어의 문제는 클랜 간의 눈치 싸움 따위로 끝날 일이 아닙니다. 국가 간 대표 클랜 사이의 문제가 되겠죠. 그때, 이야기를 수월하게 하기 위해서는 내부 단속은 해두어야 합니다. 입이 여러 개가 있으면, 당연히 배가 산으로 갈 수밖에 없을 겁니다."

김혁수는 정확하게 핵심을 짚었다.

동원은 고개를 끄덕였다.

이제부터는 얼마나 다양한 소리와 의견들을 하나로 합칠 수 있는지가 중요했다. 동원이 코어의 힘을 욕심내고 있어서가 아니었다.

이그라드와의 전쟁에 있어 통합되거나 약속된 지휘 체계가 아닌 저마다의 생각과 판단으로 움직인다면, 그건 오합지졸이나 다름없기 때문이다.

“여러 가지로 적을 많이 두긴 했지만, 그래도 아직까지 인맥은 쓸 만합니다. 원하신다면 언제든 클랜 간의 대화의 장은 만들 수 있습니다. 블랙 헌터를 제외하고 상위권으로 불리는 여섯 클랜의 리더들과는 아직 커넥션이 남아 있으니까요.”

“그 부분은 좀 더 숙고해 보도록 하죠. 생각할 시간이 필요할 것 같습니다.”

“알겠습니다. 모쪼록 감사드립니다. 앞으로 최선을 다하겠습니다.”

“다시 한 번 잘 부탁드립니다.”

다시 맞잡고 나누는 악수.

김혁수에게서는 그의 말처럼 예전과 다른 홀가분함이 보였고, 의지가 보였다.

동원은 드러내놓고 기뻐하지는 않았지만, 천군만마를 얻은 느낌이었다.

* * *

김혁수와의 대화가 끝난 이후, 바로 김혁수와 그를 따르던 스피어러들이 모두 블랙 헌터로 합류했다.

동원은 스피어러들을 불러 모아 새로운 동료들과 인사를

나누었고, 소속 클랜원들은 큰 이질감 없이 새 구성원들을 받아들였다.

다만 김혁수에 대해서는 여전히 약간의 걱정이나 두려움이 있는지 쉽게 다가서지 못하는 눈치였고, 이를 캐치한 김혁수는 직접 클랜원들과 개개인 단위로 인사를 나누며 적극적으로 교감을 나눴다.

이유리는 생각보다 누적된 피로가 많았는지, 동원이 김혁수와 얘기를 끝내기도 전에 블랙 헌터의 사무실 한편에서 잠이 들었다.

그녀를 깨워볼까 싶기도 했지만, 너무 곤한 잠에 빠진 탓에 이불을 가져와 덮어주는 것으로 대신하고는 사무실의 불을 껐다.

새벽 3시가 넘은 시간.

가까이서 불에 타오르듯 붉은 기운을 뿜어내는 포탈이 있는 것만 제외하면 평화롭고도 조용한 시간이었다.

"피곤하겠지만, 그래도 정해진 대로 수고해 주기 바란다."

"물론입니다. 유비무환이죠. 혹시 조금이라도 놓친 것이 없는지 계속해서 점검 중입니다."

"문제가 있으면 언제든 얘기하고."

"예, 걱정 마십쇼, 리더."

동원은 포탈 주변을 돌며 야간 경계 담당으로 힘쓰고 있는 전성우를 격려해 주고는 핸드폰을 열었다.

전성우는 비록 두각을 드러낼 정도로 활약하고 있지는 않았지만, 보이지 않는 곳에서 물심양면으로 동원과 클랜을 위해 힘쓰고 있는 청년이었다.

동원은 부재중 메시지 목록을 확인한 다음, 예정대로 케인에게 전화를 걸었다. 국제전화지만, 동원 입장에서 크게 신경 쓸 일은 아니었다.

—연락 한번 빠르군. 축하해, 소식은 봤다. 코어를 손에 넣었더군.

"마침 케인 네게도 전화를 하려던 차였어. 단순히 안부 전화로 연락을 했을 것 같지는 않은데. 내게 할 이야기가 있는 거지?"

—원래는 코어에 대한 이야기를 하려고 했는데, 이번 빅 웨이브 예고가 나타나면서 할 이야기가 하나 더 생긴 것 같군. 지금 일본에 와 있다. 아침 비행기로 서울로 들어갈 테니, 만나자. 중요한 이야기다.

"…말도 안 하고 찾아오는군, 요즘은."

—후후, 만남은 원래 예고 없이 찾아오는 게 재밌는 법이지. 앞으로 코어 획득에 관한 문제, 그리고 이번 빅 웨이브 대비에 대한 문제. 두 가지 얘기를 깊게 할 거다. 나 혼자만

의 의견이 아닌 우리 클랜 전체의 이야기를 하려고 오는 만큼, 너도 네 생각과 클랜의 생각을 잘 정리해 둬라.

"알았다."

―곧 보자.

대화는 빠르게 끝이 났다.

항상 그랬듯, 케인이 소속된 히어로즈 클랜의 움직임은 한 박자 빨랐다.

케인이 입국하기 전, 동원은 아침에 클랜 회의를 열어 의견을 나누었다. 오염지대 탐사를 위해 떠난 인원을 제외한 모든 간부들이 모인 회의였다.

예상했던 대로 클랜의 의견은 하나로 통일되어 있었다.

당연히 동원이 스피어러들 중에서 최초로 코어의 힘을 손에 넣었으니, 앞으로도 코어의 힘을 동원이 차지하는 쪽으로 가는 것이 낫다는 의견이었다.

더불어 빅 웨이브에 대해서도 동원과 생각이 일치했다.

가장 치열한 전투가 되겠지만, 동시에 이 웨이브를 성공적으로 방어하고 나면 상대가 가장 약해진 시점이 될 터.

이때 다른 클랜들과 공조해서 공략한다면 충분히 승산이 있다는 것이 일관된 의견이었다.

김혁수는 여기서 적극적으로 의견을 개진하여, 이참에

대한민국 내의 다른 클랜들과도 교류가 필요함을 강조하고 이에 대해서 서희와 함께 자리를 마련해 보도록 동원의 허가를 받았다.

머지않은 시일 내에 블랙 헌터를 위시한 대한민국 내의 상위 클랜 일곱 개가 한데 모여 이야기를 나누게 될 터였다.

한편 동원은 회의가 끝나자마자 바로 공항으로 가 케인을 만났다.

못 본 사이 케인은 얼굴이 구릿빛으로 변해 있었다.

얼굴 여기저기에 상처도 보이는 것이 전투에서 얻은 것 같아 보였다.

"바쁘신 몸이구만?"

"그럴 리가. 그저 연락을 했을 때, 포탈을 잠시 넘어가 있었을 뿐이야."

"많이 강해졌나?"

"예전과는 비교할 수 없지."

"좋은 소식이다. 리더가 직접 축하한다고 전해달라 하시더군. 아쉬운 부분도 있긴 하지만, 어쨌든 네 실력은 리더도 인정을 했었으니까 말이야."

"후후, 아직 모자라지."

"그놈의 겸손은……."

"일단 이동하자. 조용하게 대화를 나눌 수 있는 곳으로. 시간은 충분하지?"

"하루 정도는. 그럼 이동하지."

동원은 케인을 동네 인근의 조용한 카페로 안내했다.

아침 시간에 문을 열면서 손님은 많지 않고, 동원이 자주 들락거린 덕분에 단골이 된 카페였다.

동원과 케인이 들어서자, 카페 주인은 구석의 조용한 자리로 두 사람을 안내했다.

그리고 카페 안을 가득 채우고 있던 클래식 음악의 볼륨을 높여, 두 사람의 대화가 음악 사이에 자연스럽게 스며들도록 안배했다.

시럽을 잔뜩 넣은 아메리카노를 주문한 케인은 동원을 마주보고 앉은 뒤, 가방 속에서 준비해 온 몇 가지 서류들을 꺼내 동원에게 보였다.

"우선 이거부터 봐. 아마 이렇게 자세하게는 너도 모를 거다."

"잠깐… 이건 아도네스 행성의 지도인데?"

"우리가 직접 제작했지. 이그라드 족이 거주하고 있는 지역은 군데군데 빈 곳이 있기는 해. 거기까지 정탐하는 것은 쉽지 않았으니까. 하지만 굵직한 장소들은 확인이 됐고, 이렇게 충분히 감이 올 정도로 지도가 만들어졌지."

"이건 나도 확실하게 알지 못했던 정보인데."

"브리그 족은 신중해. 너를 어느 정도 믿고 있다는 건 이번 코어 획득을 통해서는 알게 됐지만, 그래도 100% 신뢰할 수는 없겠지. 그리고 이 정도쯤은 우리가 직접 알아내야, 오히려 역으로 신뢰를 줄 수 있겠지. 적어도 노력을 하고 있다는 증거일 테니까."

"이걸 내게 공개해도 되는 건가?"

"우리 사이를 비즈니스 파트너라고 하기엔 아주 오래전의 일이 되지 않았어, 동원? 차근차근 보도록 해. 시간은 많아."

"고마워, 케인."

동원에게 건넨 케인의 종이에는 아도네스 행성의 지형이 세밀하게 그려져 있었다.

그중에서 가장 시선을 집중시키는 것은 역시 이그라드 족의 코어가 위치한 여섯 개의 장소와 그 주변의 지형이었다.

이것은 동원도 알지 못했던 것으로 지도 안에는 아주 세세한 작은 길목까지 표시가 되어 있었다.

"좀 더 큰 지도로 보지? 전부 파악된 것은 아니지만 포탈의 위치와 해당 포탈과 연계된 국가, 클랜의 정보도 있다."

좌르르륵.

케인이 한 장의 지도를 더 펼쳐 보였다.

방금 전에 보던 것보다 훨씬 더 크고 자세한 지도였다.

이미 많은 사람의 손때가 묻은 듯한 지도에는 이 지도를 보고 수많은 고민과 생각을 했을, 케인의 히어로즈 클랜 소속원들의 모습이 자연스레 그려졌다.

"생각보다 너희와 우리의 거리가 멀지 않아. 우연치고는 행운이겠지만, 어쨌든 잘된 일이지. 가장 마음에 안 드는 중국과 일본 클랜 놈들은 이쪽이다. 완전 사지(死地)에 있지. 이놈들은 이번 웨이브를 막는 것도 벅찰 가능성이 커."

케인이 가리킨 곳은 지도의 구석 방향이었다.

그곳에는 각각 중국과 일본의 깃발이 그려진 표시가 있었고, 주변이 온통 이그라드를 상징하는 붉은색들로 가득했다.

중국과 일본에 연계된 포탈들은 브리그 족의 거주 지역에서 돌출 형태로 삐져나온 위치에 있었는데, 사면 중에 삼면이 이그라드의 거처로 둘러싸여 있어 매우 위험한 지역이었다.

"하지만 여긴 히어로즈 클랜의 포탈이 아닌데?"

"전진 기지 설치와 코어 획득 때문에 바깥 정보가 좀 어두웠군, 동원. 우리는 이미 클랜 간의 교통정리가 거의 끝났다. 스피어러들은 우리 미국의 스피어러들이 가장 단결이 어려울 것이라 얘기했지만, 그렇지 않았지. 그리고 통합된 지휘 체계를 따르는 것이 장기적으로 더 이득이기도 해. 우리 히어로즈 클랜을 중심으로 중요한 전투에 투입될 클랜과 마이더스 클랜을 중심으로 전진 기지 구축과 본대를 이탈해 나온 변이체들 혹은 소규모의 이그라드 족이 거주하는 곳을 사냥하는 클랜으로 구분이 됐지."

"그 말은……."

"너와 힘을 합치기에는 더할 나위 없이 좋은 조건이라는 것이다. 거리도 가깝지. 단, 문제가 하나 있어."

"코어에 관한 문제겠군."

동원의 말에 케인이 고개를 끄덕였다.

"지금 최상위 클랜들의 화두는 더 이상 스피어, 스페셜 스피어, 스페셜 던전 같은 것이 아니야. 그건 너도 마찬가지일 거다. 이미 스피어 시스템은 더 이상 생존을 걱정해야 할 정도로 어려운 것이 아니고, 스피어의 수급은 어려운 일이 아니지. 그저 때가 될 때마다 챙기면 되는 것들이니까."

"하지만 코어는 다르지."

"맞아. 코어는 지금까지 우리가 생각해 왔던 힘의 패러다임을 완벽하게 바꾸는 물질이야. 그동안 죽을 고비를 넘겨가면서 모아온 스피어의 힘들을 순식간에 뻥튀기시켜 주는 힘이지. 그 정도는 네가 직접 말해주지 않아도, 브리그 족을 통해서 들은 바가 있었다. 이 엄청난 힘을 초연하게 넘길 수 있는 사람은 많지 않아. 특히나 각국에서 내로라하는 스피어러들이라면 더더욱."

"결론은?"

"협력 속의 경쟁이지. 솔직하게 말하지. 우리 리더가 동원 너보다 못하다는 생각은 하지 않는다. 물론 지금은 네가 한 수 위에 있겠지만, 리더 역시 필요한 힘이 주어지면 그 이상을 해낼 수 있는 사람이야. 우리는 협력해서 이번 빅 웨이브를 막아낸 이후, 바로 이곳을 협공하게 될 거다. 목적은 그곳에 주둔하고 있는 이그라드 족의 제거와 코어의 탈취. 대신 그 코어를 손에 넣는 것은 누가 되든 상관하지 않는 거다. 단, 한 가지 조건이 있다."

"말해 봐."

"만약 네가 그 힘까지도 네 힘으로 손에 넣는다면……."

"넣는다면?"

"그때는 다른 국가는 몰라도, 우리 미국 쪽의 클랜들은 너를 지원하게 될 거다."

"긴장하지 않으면 안 되겠군."

"공정한 경쟁이지. 그래서 내가 네가 모르는 부분들을 알려주기 위해서 온 거고."

그들에게 자신에게 코어의 힘을 밀어달라고 강요할 수는 없다는 것을 동원도 잘 알고 있었다.

예상했던 것이기도 했다.

다만 협력 속의 경쟁이라는 케인의 표현처럼, 히어로즈 클랜의 리더 데이비스는 동원과 실력을 겨뤄보고 싶은 듯했다.

아직 코어의 힘은 여섯 개가 남아 있고, 그 역시도 한 번쯤은 손에 넣어보고 싶었던 모양이었다.

"문제는 다른 국가들이야. 독일이나 프랑스 쪽은 우선적으로 협력 속의 경쟁을 추구해 보자는 제안을 무시했어. 다들 자신들이 가진 전력으로 충분히 코어의 힘을 되찾을 수 있다고 생각하는 것 같다. 저마다 지역이 다르고, 각자 공략 계획을 세우고 있는 듯하지만 글쎄… 파악된 이그라드의 전력은 호락호락하지 않았어. 웨이브로 소진되는 것은 변이체들뿐이니까. 나는 그렇게 생각한다. 여기서 필요 이상의 욕심을 내는 클랜이나 스피어러들은 이번 빅 웨이브가 아주 위험한 고비가 될지도 모른다고."

"흐음……."

동원의 시선은 지도에서 떠날 줄을 몰랐다.

케인도 지도 하나하나를 자세히 살피고 있는 동원을 방해하지 않기 위해, 잠시 하던 말을 중단하고 동원이 충분히 지도와 관련 자료들을 살피도록 시간을 주었다.

동원은 한참 동안 지도를 살피고 난 뒤, 머릿속에 어느 정도 생각이 정리되고 나서야 다시 케인에게로 시선을 돌렸다.

'인간의 욕심은 끝이 없고 같은 실수를 반복한다'는 우스갯소리가 있는 것처럼, 케인의 말대로 분명 코어의 힘을 노리고 무리하는 클랜이나 국가가 있을 것이고, 이에 따른 피해가 있을 것으로 예상됐다.

하지만 동원이 나서서 무리하지 말라고 호소한다 한들, 소용은 없을 것이다.

그것이 동원이 걱정하고, 케인이 걱정하며, 브리그 족의 장로 세비오르가 걱정한 인간의 본질이니까.

어쩌면… 잘못된 선택을 통해 깨달음을 얻을 수 있다면 그 선택이 나을지도 모른다.

"적어도 우리와 너희는 공조가 가능했으면 한다. 우리 다음으로 최상급의 스피어러들이 대규모로 포진해 있는 것이 바로 너희 나라, 대한민국이야. 우리가 힘을 합치면 여섯 개의 포인트 중 하나를 무너뜨리는 건 어렵지 않을 거다. 여기저기서 벌 떼처럼 일어날 다른 국가의 클랜들이 좋은 미끼 역할을 해주겠지."

"좀 더 자세히 이야기를 들을 수 있을까?"

"얼마든지. 준비됐어? 이번 웨이브를 반격의 장으로 삼을 마음의 준비가 말이야."

"물론."

동원이 고개를 끄덕였다.

그러자 케인은 다시 가방 속에서 무언가를 주섬주섬 꺼내기 시작했다.

아침부터 시작된 동원과 케인의 대화는 날이 어두워질 때까지 계속됐다.

중간중간 끼니삼아 커피에 약간의 샌드위치를 먹은 것을 제외하고는 쉬는 시간 없이 이어진 마라톤 회의였다.

긴 시간의 대화였지만 케인과 동원, 어느 누구도 지친 기색 없이 이야기를 주고받으며 대화를 이어갔다.

그렇게 거대한 반격을 위한 준비는 무르익어가고 있었다.

제2장

계속되는 공격

다음 날.

김혁수와 서희의 주도로 만들어진 클랜 간의 회의가 열렸다.

어느 정도 잡음이 있을 것으로 예상했던 당초의 추측과는 달리, 다른 클랜들은 블랙 헌터 위주로 질서 있게 재편되어야 할 클랜 간의 구조에 동의를 하고 유기적인 연락 체계를 갖추기로 했다.

블랙 헌터의 리더인 동원이 오염지대, 포탈 탐사부터 시작해서 코어 획득까지 모든 부분에서 타의추종을 불허할 정도로 앞서나가고 있었으므로 다른 클랜도 크게 욕심을 내지 않는 눈치였다.

물론 아무런 대가 없이 동원과 블랙 헌터 클랜에 대한 협력을 약속한 것은 아니었다.

우선 서희는 동원과 케인, 즉 블랙 헌터와 미국의 최대 클랜인 히어로즈 클랜간의 우호 관계를 예로 들며, 원할 경우 다른 클랜들도 히어로즈 클랜을 포함한 다른 클랜들과 협력 체계를 갖출 수 있도록 자리를 마련해줄 것을 약속했다.

실제로 몇몇 클랜들은 인근의 포탈이 미국 쪽의 클랜들과 연결된 부분이 있어, 협력이 필요한 경우도 있었기 때문이다.

이는 사전에 케인과 이야기가 되어 동의된 부분으로 클랜들은 만족스럽게 서희의 제안을 받아들였다.

그렇게 해서 각 클랜들은 앞서 있었던 두 차례의 큰 웨이브를 치렀던 경험을 참고 삼아 필요한 전력을 배치한 뒤, 남는 전력들을 블랙 헌터에 지원하기로 약속했다.

코어를 빼앗을 경우 그 부분에 대한 소유권은 동원과 블랙 헌터 클랜에 일임하는 한편, 해당 지역에 있는 변이체나 이그라드 족을 사냥해서 얻는 수입에 대해서는 일체 간섭받지 않기로 했다.

그들을 제거할 경우 상당한 스피어를 귀환 시 보상으로 환산할 수 있는 만큼 당연한 조치였다.

준비는 빠르게 진행되어 갔다.

예고된 빅 웨이브에 맞춰 전진 기지의 방어도 더욱 견고해져갔고, 동원은 케인으로부터 넘겨받은 지도를 바탕으로 적의 이동 경로와 이에 맞는 대응 방식을 고민했다.

그렇게 날은 하루, 이틀, 사흘… 엿새가 흘렀다.

그리고 빅 웨이브가 예고된 시간을 12시간 남겼을 때.

동원을 포함한 블랙 헌터의 일원 모두는 포탈을 넘어와 전진 기지에 자리 잡고 있었다.

구르르르릉.

날은 어두웠다.

특히 저 멀리 보이는 죽음의 탑, 그 위로 붉게 타오르는 불길 같은 것이 더욱 분위기를 어둡게 만들었다.

이번 빅 웨이브에 앞서, 임시로나마 전 세계적인 스피어러 네트워크가 구축됐다.

물론 이렇게 포탈을 넘어온 상황에서는 연락을 긴밀하게 할 수 있는 수단이 부족했지만, 적어도 지구에서는 원활하게 정보 교환이 가능했다.

그래서 우선적으로 정리된 바에 따르면 전체 포탈의 개

수를 100으로 가정했을 때, 80 정도는 이렇게 전진 기지에서 스피어러들이 대비를 하게 됐다.

그리고 나머지 20이 사전 준비의 부족으로 결국 포탈을 넘어오는 변이체들을 상대하는 식이었는데, 다행히 방벽 구축이나 스피어러 배치 자체는 충분한 정도여서 큰 문제가 되지는 않을 것으로 예상됐다.

중국과 일본 쪽은 잔뜩 긴장하고 있었다.

돌출부에 위치한 포탈 때문에 대규모 공격의 집중이 예상됐다.

실제로 과거에 있었던 몇 차례의 웨이브에서도 상당한 고전을 한 경험이 있었다.

중국과 일본의 클랜들이 여전히 춘추전국시대처럼 질서가 정리되고 있지 않는 것이 바로 이 때문이었다.

웨이브를 막는 과정에서 유능한 클랜과 스피어러들이 희생됐고, 무주공산이 된 최고의 자리를 노리는 클랜들이 경쟁했기 때문이다.

그래서인지 수비 후 역습을 생각하는 대한민국이나 미국, 프랑스나 독일 같은 국가의 클랜들과는 달리 두 나라는 어떻게든 막는 것을 최우선 과제로 삼고 있었다.

그 이후는 관심조차 없는 듯했다.

"든든하군요."

김혁수가 거의 자신의 키만큼이나 긴 검을 지면에 꽂은 채, 유심히 동료들의 면면을 살폈다.

이미 몇 차례 동료들과 인사를 나누며 대화를 주고받은 김혁수는 자연스럽게 일행에 스며들어 있었다.

특히 서희와 이정우와는 더욱 빠르게 친해졌다.

서희도 클랜 사이의 전략적인 경쟁 때문에 김혁수를 견제하기는 했지만, 그를 싫어했던 것은 아니었다.

이제는 동료가 됐고, 그녀는 진심으로 김혁수의 새 출발을 기원해 주었다.

이정우는 김혁수와 몇 차례 스피어를 통해 스파링을 했는데, 2승 2패를 기록했다고 했다.

그 덕분인지 두 사람은 대기 시간이 종료될 때마다 함께 스피어에 입장하여 스파링을 즐기곤 했다.

“이번에는 손맛이 괜찮겠는데요?”

“형, 단비 씨랑은 인사 잘하고 왔어?”

“야, 아주 진하게 했다, 인마.”

“했네, 했어.”

“야, 지금 보는 눈이 몇 개인데 그런 말을…….”

늘 그렇듯이 황찬성, 황찬열 형제는 만담을 주고받고 있다.

이정우는 김혁수와 계속해서 검술과 발차기의 연계에 대

해 이야기를 나눴고, 서희는 전진 기지 주변을 돌면서 방어 상태를 점검하는 중이었다.

김윤미는 간만의 전투 대비로 기세가 잔뜩 오른 백랑을 데리고 전진 기지 뒤로 펼쳐져 있는 넓은 벌판을 함께 뛰고 있는 중이었다.

그 옆에는 규현이 함께 있었는데, 최근 들어 규현이 동물을 좋아한다는 것을 알게 된 이후로 김윤미와 규현의 사이가 부쩍 가까워져 있었다.

동원은 솔직하게 말하자면 동물을 좋아하는 편은 아니었다.

보는 것은 상관없지만, 직접 스킨십을 하거나 그러는 정도는 아니었다.

한데 규현은 백랑과도 마치 친구처럼 지내며 살갑게 대했고, 그러다 보니 김윤미와도 자연스럽게 친해졌다.

한편 동원은 좀 더 전장을 멀리 살펴보기 위해 이유리와 함께 전진 기지 동쪽에 있는 작은 산 위로 올라와 있었다.

산에서 내려다 본 전진 기지는 그야말로 요새처럼 방비가 철저하게 되어 있었다.

지구에서 구축했던 콘크리트 방벽과는 차원이 달랐다.

사방에 위치한 감시탑은 언제든 에너지 코어를 통해 일격에 변이체들을 즉사시킬 수 있는 힘을 방출할 수 있도록 대기 상태를 유지하고 있었고, 그 주변에 세워진 방벽들은 특수 금속으로 둘러져 있어 어지간한 충격에는 찌그러지거나 무너지지 않도록 설계되어 있었다.

그리고 방벽 위에는 원거리 공격을 하는 스피어러들이 포지셔닝을 하고 적을 타격할 수 있도록 좀 더 무장이 강화된 타워가 설치되어 있었는데, 서희나 이유리에게는 활용도가 높은 시설이었다.

불과 얼마 전까지만 해도 브리그 족의 실체를 몰랐던 스피어러들이지만, 지금은 마치 오래전부터 협력하고 지낸 사이처럼 한데 어우러져 변이체들의 공격을 대비하고 있었다.

"오빠."

"응."

"지금까지 치러왔던 전투들은 그저 예행연습일 뿐이었다는 생각이 들어요. 전투는 이제 더 치열해질 거고, 많은 사람이… 죽어나가겠죠? 저마다의 목표와 미래를 위해서."

"그렇겠지."

동원은 담담하게 말했다.

물론 아무렇지 않게 넘길 수 있는 일은 아니다.

하지만 굳이 이런 생각들을 심각하게 받아들인다고 해서, 현실이 달라질 것은 아무것도 없다.

이 악순환은 어느 한쪽이 사라져야 끝이 난다.

원흉인 이그라드 족이 사라지거나, 혹은 스피어러들이 모두 전멸하여 더 이상 그들에게 대항할 수 있는 힘이 사라지게 되거나. 둘 중 하나인 것이다.

"오빠는 꼭 살아 있어야 해요. 목숨을 함부로 생각하지도 말고, 가볍게 여기지도 말아요. 알았죠?"

차가운 산바람이 부는 길목 위에서, 이유리가 살며시 동원을 뒤에서 껴안았다.

그녀의 따뜻한 체온이 등을 타고 전신으로 느껴졌다.

이유리는 한참을 동원의 넓은 등 안에 얼굴을 파묻은 채, 아무 말 없이 동원의 허리를 꼭 끌어안고 있었다.

동원도 자신의 앞에 위치해 있는 이유리의 양손을 따뜻하게 잡아주고는 부드럽게 끝을 어루만졌다.

"내 걱정은 할 것 없어. 유리, 네 걱정부터 해. 유리는 내 곁에 없어서는 안 되는 사람이니까."

"걱정 마요. 오빠가 안 죽으면, 나도 안 죽어요."

이유리가 핀잔을 주듯, 동원의 등을 툭 하고 때렸다.

그러고는 문득 생각이 들었는지 이야기를 이어나갔다.

"오빠, 만약에 이 모든 전쟁이 끝나고 우리가 승리한다면… 다시 원래대로 돌아갈 수 있을까요? 그저 매일 정해진 훈련 스케줄에 맞춰 훈련만 하면 됐던 그 시절로……."

"모든 것이 정상으로 돌아오면, 유리도 원하는 꿈을 다시 시작할 수 있을 거야. 부정적인 생각은 할 필요도, 할 이유도 없어. 그런 건 걱정하지 않아도 돼."

"그렇겠죠……?"

이유리는 지금 그 어느 누구보다도 스피어러로서의 삶에 집중하고 매진하고 있었지만, 여전히 자의 반 타의 반으로 접어버린 그녀의 꿈, 양궁 국가대표 생활에 대한 미련이 남아 있는 것 같았다.

그녀를 20여 년간 살아 숨 쉬게 한 원동력이 되었던 꿈과 직업이다.

비록 그녀가 굳은 마음을 먹고 스피어러로서의 삶에 적응하긴 했지만, 아릿한 마음이 남는 것은 어쩔 수 없는 일일 것이다.

"오빠, 이거 한번 날려봐요. 오빠 힘으로는 얼마나 날아가는지 보고 싶어."

이유리가 자신의 어깨에 메고 있던 활과 화살을 동원에게 건넸다.

동원이 항상 건틀릿을 손에 끼고 있듯, 이유리는 늘 활과 화살이 곁에 있었다.

갑자기 무슨 일이 생기면, 순식간에 바로 장전을 끝내고 화살을 날릴 수 있을 정도로 그녀는 늘 대기 상태였다.

"활은 익숙지 않은데."

"자, 가만히 있어 봐요. 이렇게 해서 이렇게."

이유리가 자연스럽게 동원의 뒤에 붙어서는 동원이 활시위를 자연스럽게 당길 수 있도록 자세를 잡아주었다.

시위를 최대한 당기자 팔 전체에 근육이 팽팽하게 부풀어 오르며, 잔뜩 힘이 실렸다.

"자, 그대로 놓으면 돼요. 오빠, 팔 안 당겨요?"

"전혀."

"그럴 줄 알았어. 놔요!"

피잉!

동원의 괴력을 직감했다는 듯, 이유리가 고개를 끄덕였다.

그녀의 말에 활시위를 놓자, 힘이 잔뜩 실린 화살이 포물선을 그리며 저 멀리 날아갔다.

얼마나 날아갔는지 중간에 어둠 속에 가려져 보이지 않을 정도로 멀리 날아간 화살이었다.

"와……."

이유리는 한참을 동원이 방금 전까지 당기고 있었던 활시위에서 눈을 떼지 못했다.

그녀도 원활하게 속사를 할 수 있도록 필요한 스탯을 안배해 두었지만, 동원처럼 빠르게 최대치로 당기는 건 쉽지 않았다.

스킬 보정이나 명중력 상승을 통해 적중력을 높인 부분은 있었어도, 절대적인 힘에서는 부족한 부분이 있었다.

하지만 동원은 어렵지 않게 웬만해선 최대치로 당겨지지 않는 활시위를 바로 당겼고, 바로 화살을 멀리 날려 버렸다.

이 정도면 동원이 활을 써도 무방할 수준이었다.

동원은 이미 변화된 자신의 힘에 적응이 끝난 탓에 본인은 얼마나 큰 변화가 일어났는지 체감하지 못했지만, 그를 제외한 주변의 모든 사람은 느끼고 있었다.

이미 평범한 사람의 몸으로 얻을 수 있는 육체적인 한계는 뛰어넘은 상태인 것이다.

"주변 지형 구조상 결국 북쪽으로 대다수의 변이체들이 몰려들겠군. 굳이 산을 끼고 돌아가는 것보다는 정면 승부를 하고 싶겠지. 좀 더 공격적으로 나간다면, 저기서 초반 승부를 한 번 보는 것도 나쁘지 않을 거야."

"미국 쪽과 연락은 원활히 될까요?"

"브리그 족이 지원해 준 통신 시스템을 이용하면 실시간까지는 아니더라도 무전처럼 교신은 가능하니까. 분명 변이체들이 동일한 규모로 포탈에 분배되어 오는 것이 아니기에 차이가 있을 거야. 그 상황에 맞게 유기적으로 움직이면, 오히려 놈들을 포위할 수도 있어."

"그럼 북쪽의 저 언덕으로 가봐요, 오빠."

"그러자."

동원은 어느 정도 생각을 마무리한 듯, 고개를 끄덕였다.

동쪽과 서쪽은 크고 작은 산들이 있어 우회해서 오기에는 적합하지 않은 길목이고, 남쪽은 브리그 족의 거주 지역으로 이어지는 길목이라 변이체들이 나타날 가능성이 적었다.

동원은 전진 기지에서 전투를 벌이기에 앞서, 게릴라전 형태로 먼저 북쪽의 언덕 지대에서 탐색전을 벌일 생각을 하고 있었다.

예정된 12시간 후는 아도네스 행성이 완벽한 밤이 될 시간이고, 가장 시계가 좁은 시간이기 때문이다.

버프를 통한 초기화를 노리고 여기서 필요한 공격들을 확실하게 퍼부어두면, 최전방에서 달려들 변이체들의 기세를 무너뜨릴 가능성도 있었다.

우선 전투 전체에 대한 가이드라인은 세워졌다.

동원은 언덕 지대까지 다시 한 번 점검을 한 뒤, 마지막 전투 계획을 갈무리하기로 했다.

* * *

시간은 어느덧 흐르고 흘러, 예고된 웨이브의 시각이 30분 앞으로 다가왔다.

죽음의 탑 위로 솟구치는 불길은 더욱 강해졌고, 아주 미세하지만 지축의 울림이 느껴졌다.

그리고 보이지 않는 지평선 너머의 어둠 속에서 이쪽으로 향하는 기운이 느껴졌다.

"오늘 신명나게 폭죽놀이 하겠는데요. 이럴 줄 알고 그동안 모은 스피어들 전부 중력 폭탄에 화염 폭탄까지 다 구매했다는 거 아닙니까?"

황찬성이 엄지손가락을 치켜들어 보였다.

주변을 밝히는 조명 하나 없이 어두운 수풀 속이라 하늘의 별빛, 그리고 달과 같은 위성을 통해 내리비치는 빛이 조명의 전부였다.

동원은 씨익 웃음을 지으며, 황찬성의 어깨를 두드려 주었다.

전진 기지는 텅 비어 있었다.

그곳에 주둔하고 있던 블랙 헌터의 클랜원과 이번 웨이브 방어에 힘을 보태기로 해준 에제르와 아소그도 여기에 있었다.

위장이 용이하도록 주변 수풀과 비슷한 복장을 하고 어

둠 속에 모습을 숨긴 스피어러들은 변이체들이 나타나기를 기다리고 있었다.

에제르와 아소그는 자신들의 능력을 이용해, 이곳에 몸을 숨기고 있는 스피어러들의 냄새를 없앴다.

변이체들 중에 후각이 뛰어난 녀석들이 종종 냄새를 맡고 적의 위치를 탐지하기 때문이다.

하지만 두 사람 덕분에 다른 스피어러들의 위치가 발각될 만한 냄새도 사라졌고, 마치 늘 평온한 밤의 광경처럼 언덕 위의 고요함은 이어지고 있었다.

그리고…

쿠웅, 쿠웅, 쿠웅.

빅 웨이브가 예고된 시간이 3분 앞으로 다가왔다.

[곧, 전투에 돌입한다. 수시로 연락하지.]

이내 케인의 목소리도 에제르로부터 건네받은 통신석을 통해 들렸다.

음질은 좋지 않았지만, 대화는 충분히 가능했다.

"모두 준비. 확실하게 숨을 죽이고 기다린다. 그리고 코앞에 당도했을 때, 일거에 쓸어버리고 빠져나간다."

"옛."

모든 준비는 끝났다.

웨이브에 대한 디펜스는 그저 첫 단추일 뿐.

동원과 블랙 헌터, 그리고 대한민국의 다수 클랜과 스피어러들.

그리고 미국, 프랑스, 독일을 위시한 국가들의 스피어러들까지.

모두 날카로운 발톱을 숨긴 채 매서운 첫 공격을 막아낸 뒤 위협적인 카운터펀치를 날릴 준비를 하고 있었다.

키야아아아아아아악.

이내 익숙한 변이체들의 괴성이 들려오기 시작했다.

빅 웨이브.

아도네스 행성에서 펼쳐지는 첫 번째 대전투의 서막이었다.

제3장
시작된 전쟁

"……."

변이체들의 괴성이 귀를 찢을 듯이 들려왔지만, 사방은 온통 조용했다.

파아아앗!

그렇게 예고된 웨이브의 시간에 도달하자, 각 지역의 메인 코어에서 시작된 엄청난 파장이 순식간에 퍼져나가며 일순간에 동원의 클랜이 주둔하고 있는 지역까지 도달했다.

파장이 퍼져 나가는 순간, 포탈의 안전지대 구역을 에워

싸고 있던 결계가 유리창처럼 깨져 나갔다.

그러자 결계 앞에서 기다리고 있던 변이체들이 다시금 속력을 내기 시작했다.

거리는 빠르게 좁혀져 오고 있었다.

1㎞의 거리를 두고 떨어져 있던 변이체들은 맹렬히 질주했고, 어느새 시야로 확인 가능한 범위까지 도달했다.

변이체들은 저마다 조명 역할을 할 만한 횃불이나 작은 조명석 따위를 들고 있었는데, 그 수만 봐도 규모가 어느 정도인지 짐작이 가지 않을 정도였다.

물론 이곳에 주둔하고 있는 스피어러들의 수만 해도 1천에 가깝고, 브리그 족에서 보내준 지원군까지 포함하면 1,100명 정도는 되었다.

수적인 열세야 예전의 웨이브 때부터 있었던 일이고, 중요한 건 얼마나 효과적으로 싸울 수 있는가였다.

"물리 내성이다. 마법 형태의 공격으로 전환."

동원은 최전방에 배치되어 있는 악어의 머리 형태 외형을 한 변이체를 보고는 바로 지시를 내렸다.

이미 한 차례 싸워본 경험이 있는 녀석들이었다.

이 녀석들은 단단한 외피를 바탕으로 물리적 공격에 강점을 보였는데, 실제 데미지의 85% 이상을 감소시키는 질긴 피부를 가지고 있었다.

하지만 당연히 허점이 존재했다.

마법 공격에는 물리 공격에 강한 만큼, 더욱 취약하다는 점이었다.

동원이 건틀릿을 조작하자, 물리 공격력을 마법 공격력으로 전환해 주는 효과가 발동됐다.

이 작업에만 스피어가 3천 개 가까이 소진됐을 정도로 엄청난 개조 작업이었지만, 덕분에 동원은 자신의 위력적인 물리 데미지를 마법으로 전환할 수 있었다.

다들 바쁘게 자신의 무기들을 조작했다.

속성을 마법으로 판정받는 이유리나 애초에 마법을 구사하는 서희는 준비 작업이 필요하지 않았다.

하지만 검격을 구사하는 이정우나 김혁수, 그리고 쌍둥이 형제처럼 물리 공격을 기반으로 하는 스피어러들에게는 별도의 변환 과정이 필요했다.

김윤미 같은 경우는 백랑이 가진 공격 데미지가 물리, 마법 데미지로 혼합되어 들어가게 되어 있었는데, 그래서 상대의 내성에 큰 영향을 받지 않았다.

그것이 백랑의 최대 강점이기도 했다.

과거의 스피어러들이었다면 상대가 가진 내성이 자신에게 소위 '카운터'를 치는 내성이었다면 속수무책으로 당했을 것이다. 그것은 동원도 마찬가지였다.

하지만 시간이 흐르면서 경험이 쌓였고, 스피어러들은 그에 맞게 빠르게 변화했다.

동원 역시 다양한 내성에 대비해야 함을 깨닫고, 엄청난 양의 스피어와 스페셜 스피어를 건틀릿 개조에 쏟아부은 것이 효과를 톡톡히 보고 있었다.

물론 하위권에 위치한 스피어러들, 이를테면 이제 갓 스피어러들이 된 사람들에게는 정말 까다로운 변이체들이었다.

그래서 그런 스피어러들은 이번 웨이브에서 후방으로 배치되거나 아예 지구에서 혹시나 포탈을 뚫고 넘어올지도 모르는 몇몇 변이체들을 대비하게 하도록 했다.

"신속하게 치고 빠진다. 웨이브가 한 번에 다 몰려오는 게 아니니까. 선발대를 처리하고, 미련 없이 뒤로 빠진다."

"오빠."

뒤에서 굳은 의지가 담긴 표정으로 동원의 어깨에 손을 살짝 올린 채, 고개를 끄덕이는 이유리의 모습을 보며 동원도 고개를 끄덕였다.

"모두 준비."

변이체들과의 거리가 더욱 좁혀지자, 모든 스피어러들이 언덕의 수풀 사이로 바짝 몸을 숙였다.

그리고 각자 준비해 둔 중력 폭탄들을 하나씩 꺼내 들었다.

키야아아악!

캬아아아아악!

변이체들의 기세는 하늘을 찌를 듯이 올라 있었다.

놈들은 애초에 주입된 지식대로 포탈을 향해 맹렬히 질주했다.

그것이 변이체들의 생성 목적이기도 했다.

포탈을 넘어가, 그 너머의 세상에 존재하는 모든 것을 죽여 없애 버리는 것.

이그라드의 입장에서는 동족의 전사들을 이용하지 않고도 손쉽게 상대를 없앨 수 있는 최고의 수단이었다.

지금까지는 이런 단순한 방식이 잘 먹혀들어왔고, 상대는 이를 방어해 내기에 바빴다.

그 과정에서 유능한 스피어러들이 계속해서 죽어나갔으니 더욱 이득이었다.

캬아아아악!

드디어 코앞까지 다가온 변이체.

딸깍, 딸깍.

그 순간, 모두가 준비하고 있던 중력 폭탄의 안전핀을 해제하고는 그대로 수풀 밖을 향해 포물선을 그리며 내던졌다.

"……?"

자신들의 머리 위로 날아가는 엄청난 개수의 중력 폭탄을 보는 순간, 변이체들의 표정 위로 보이지 않는 물음표가 달렸다.

퍼엉! 퍼엉! 퍼엉!

꾸웩!

그리고 여기저기서 중력 폭탄이 터지기 시작했다.

동시에 지면으로 강력하게 끌어당겨진 악어 변이체들이 납작하게 굳어버린 쥐포처럼 고꾸라지기 시작했다.

그러자 앞뒤의 전선에 괴리가 생겼다.

중간 지점의 변이체들이 중력 폭탄의 역장에 걸려들어 움직이지 못하게 됐고, 뒤에서 달려오던 변이체들은 역장을 피하기 위해 우회를 하거나 지켜볼 수밖에 없는 상황이 됐다.

졸지에 선두에 선 변이체들이 그대로 기다리고 있던 스피어러들을 코앞에서 상대하는 꼴이 되어버렸다.

갑자기 어둠 속에서 모습을 드러낸 스피어러들은 뒤도 돌아볼 것 없이 맹렬한 공격을 변이체들에게 퍼붓기 시작했다.

"하아아압!"

빼어어어엉!

파삭!

동원이 변이체들 사이를 파고들며, 선두에서 날카로운 이빨을 드러내며 포효하던 녀석에게 그대로 파워 웨이브를 박아 넣었다.

그 순간, 마치 천둥소리와 같은 것이 동원의 건틀릿 끝에서 퍼져 나오며, 그대로 직격으로 얻어맞은 변이체의 머리와 목, 가슴 상부를 통째로 날려버렸다.

그야말로 산산조각이었다.

동원의 건틀릿의 끝이 닿는 순간, 변이체는 자신이 죽었다는 사실을 인지할 새도 없이 고깃덩이가 되어버렸다.

그것은 연달아 뒤에서 달려오던 변이체들도 크게 다를 것이 없었다.

부채꼴 형태로 순식간에 뻗어져 나간 충격파는 뒤에 있던 변이체들까지 통째로 목숨을 끊어버렸다.

머릿속을 뒤흔들어버린 엄청난 충격파는 뼈와 두뇌를 가루처럼 만들어 버렸고, 건전지가 다 된 로봇처럼 앞으로 픽픽 쓰러졌다.

순식간에 그렇게 숨이 끊어진 변이체의 수가 스물이 넘었다.

범위 안에 있던 변이체들이 모두 죽은 것이다.

"모두 공격! 역장이 사라지기 전에 앞부터 녹인다!"

"와아아아아!"

방금 전까지만 해도 변이체들의 괴성만 가득했던 전장이 이내 스피어러들의 힘찬 함성 소리로 뒤덮이기 시작했다.

공격이 시작됐다.

최정예들로 선발하여 나온 동원이었다. 동료들의 공격은 매서웠다.

이유리의 화살은 쉴 새 없이 변이체들의 머리를 꿰뚫었다.

결빙 속성이 부여된 그녀의 화살은 피격당한 변이체의 움직임을 눈에 띄게 둔화시켰고, 걸어 다니는 볏짚 신세가 되어버린 변이체들은 김혁수와 규현의 매서운 검날에 토막 난 고기가 되어 사라졌다.

김혁수의 바스타드 소드가 예리하게 허리춤을 파고들 때면, 변이체가 그 상태로 허리가 반 토막이 난 상태로 죽기도 했다.

난격을 즐기는 규현은 변이체들이 정신을 차릴 새도 없이 공격을 퍼부으며, 일순간 시선을 빼앗은 뒤 심장이나 목과 같은 급소를 노려 목숨을 취했다.

쌍둥이 형제는 전장을 휘저으며, 잡히는 변이체들을 그대로 내리꽂고 날렸다.

황찬열이 잡아서 뒤로 내던지면, 그대로 황찬성이 달려

와 드롭킥을 꽂아 넣었다.

그리고 충격에 비틀거리는 변이체에게 이정우가 목이 360도가 돌아갈 정도의 강력한 발차기를 그대로 후려갈겼다.

동원 일행에게 걸린 변이체들의 최후는 다른 클랜원들에게 당한 녀석들 보다 비참했다.

머리와 몸이 각각 주인을 잃고 따로 노는 시체가 되거나, 이정우의 발끝에 걸린 변이체는 몸은 앞을 보는데 목은 뒤를 보는 괴이한 상태가 되어 숨이 끊어졌다.

동원을 상대한 변이체들은 아예 몸뚱이 자체가 성치 않았다.

이런 변이체들 '따위' 는 이제 더 이상 동원의 적수가 되지 못했다.

녀석들의 굼뜬 움직임은 동원이 피하기에는 너무나도 쉬운 것이었고, 카운터 요건은 상시 발동 상태가 다름없었다.

많은 타격을 하지 않고도 일격에 변이체들이 나가떨어졌다.

동원의 주먹, 그 한방을 견뎌낼 수조차 없었던 것이다.

카운터의 조건, 그리고 예전의 곱절로 강해진 동원의 힘이 만들어내는 시너지는 그야말로 상상 이상이었다.

끄에에에엑!

꾸에에에엑!

전장은 아비규환(阿鼻叫喚)이었다. 물론 변이체들에게 한정된 지옥이었다.

이내 역장이 풀리고, 뒤이어 변이체들이 밀려들었지만 선두에서 앞서나가던 변이체들의 숨통은 이미 끊어진 뒤였다.

이렇게 되자 각개격파의 형국으로 펼쳐졌다.

게다가 애초에 이 변이체들은 최정예로 선발된 2번 포탈, 즉 2번 전진 기지의 스피어러들을 상대할 수준이 되지 못했다.

물론 저들 역시 선발대로 보낸 변이체들부터 강력하지는 않았을 테지만.

희생자는 단 한 명도 없었다. 부상자도 없었다.

전투는 순식간에 끝났고, 변이체들의 제1대는 전멸했다.

브리그 족의 전사들은 그중에서 본능적인 두려움을 느끼고 입력된 명령과는 달리 뒷걸음치거나 도망가는 변이체들의 숨통을 끊었다.

휘이이이이…….

그렇게 초전은 변이체들의 완벽한 박살로 끝이 났다.

물론 이제부터가 시작이었다.

* * *

그로부터 5분 후, 제2대가 도착했다.

본격적인 웨이브의 시작이었다.

이번에는 마법 공격에 내성을 가진 변이체들이 등장했고, 덕분에 이유리는 물리 공격으로 전환된 평범한 화살 사격을 이어갔다.

문제는 서희였다.

서희는 마법을 물리 공격으로 전환할 수 있는 방법이 없었기에 감시탑의 높은 곳에 올라 저 멀리서 계속해서 접근해 오는 변이체들의 움직임을 확인하며, 혹시나 우회하거나 다른 길목으로 오는 변이체들이 없는지 확인했다.

지이이이이잉, 파아아앗!

지이이잉, 파아앗! 파아앗! 파아아앗!

구아아악! 구악!

코어가 장착된 감시탑이 쉴 새 없이 광선을 내뿜었다.

보랏빛의 선이 지면을 훑고 지나갈 때마다, 변이체들의 몸이 그 선을 따라 토막 난 시체가 되어 사라졌다.

코어 자체에 브리그 족의 안배를 통한 지능이 탑재된 감시탑은 아군이 적군과 겹쳐 있거나, 자칫 경우에 따라서 아군을 살상할 수도 있는 상황은 피했다.

감시탑의 위력 덕분에 변이체들은 의식적으로 거리를 쉽게 좁히지 못했다.

놈들이 생성 단계에서부터 이그라드에 의해 강제 주입된 명령을 따르기는 하지만, 두려움과 같은 본성까지 지워지는 것은 아니었다.

감시탑은 스치기만 해도 몸이 잘려나갈 정도의 강력한 살상력을 지닌 광선을 가지고 있었고, 이는 변이체들에게는 큰 부담이었다.

스피어러들은 감시탑을 든든한 지원군으로 두고, 그야말로 100% 이상의 전투력을 발휘하며 싸울 수 있었다.

자신들의 공격이 다소 부족하더라도, 감시탑의 공격이 메워 줄 것이라 믿었기 때문이다.

키에에엑! 키엑!

퍼펑!

펑! 펑!

자살 특공대로 편성된 변이체들이 계속해서 전진 기지의 외벽에 몸을 들이받고 터져 죽었다.

하지만 수차례의 강화 작업이 이뤄진 방벽은 지구의 콘크리트 방벽과는 내구성에서부터 차이가 달랐다.

게다가 내벽, 외벽 형태로 방어선이 두 개로 구축되어 있어, 설령 약해진 외벽이 무너진다 하더라도 안에서 한 번

더 버틸 수 있는 공간이 있었다.

그와아아아아아!

"…저건 뭐야?"

하지만 바로 그때.

방어전을 치르던 제2포탈의 스피어러들은 언덕 위에서 괴성과 함께 모습을 드러낸 정체불명의 거대한 개체를 보고는 일순간 멍한 표정을 지었다.

지금까지 상대했던 거대한 변이체들.

이를테면 미노타우로스 같은 3m 정도의 키를 두 배 이상 훌쩍 뛰어넘는, 거대한 변이체들이 등장한 것이다.

"유리, 내려와!"

동원이 소리쳤다.

감시탑에서도 꼭대기에 올라가 화살을 날리고 있는 이유리의 위치는 위험해 보였다.

흡사 판타지 소설에서 볼 법한 골렘을 연상케 하는 변이체들은 온몸이 온통 암석질로 되어 있었고, 몸 전체는 불덩이가 되어 활활 타오르고 있었다.

이름을 붙인다면 파이어 골렘이라는 명칭이 적합할 정도의 외형이었다.

놈들은 성난 기세로 돌진해 오고 있었다.

워낙 그 기세가 맹렬해 단단한 외벽이 있음에도 그대로 충돌할 것만 같았다.

아니, 애초에 그런 목적으로 설계된 변이체인 것 같았던 것이다.

동원이 그런 생각을 하기가 무섭게 언덕의 정점에 위치해 있던 파이어 골렘들이 일제히 외벽을 향해, 직선으로 전력 질주하기 시작했다.

파팟, 팟.

말이 끝나자마자 이유리가 가벼운 몸동작으로 높은 감시탑에서 낮은 곳으로 빠르게 이동을 마치고는 자리를 잡았다.

"하아아아아아……!"

사방의 브리그 족들은 저마다 인상을 찌푸리듯 눈을 감은 채, 정면에서 질주해 오는 파이어 골렘의 정신을 교란시키기에 여념이 없었다.

그들의 정신 제어는 이그라드 족을 상대로는 쉽지 않더라도, 변이체들을 상대로는 혼선을 주는 것이 가능했다.

물론 브리그 족 그들 본연의 정신력을 상당히 소모하는 것으로 계속 같은 방식을 반복할 수는 없었지만, 그래도 일부에게 혼선을 유도하는 것은 가능했다.

쿠우웅! 쿠웅!

여기저기서 파이어 골렘들이 서로 맞부딪히며 폭발을 일으켰다.

뜨거운 불덩이처럼 활활 타오르는 파이어 골렘들은 부딪히는 순간 폭음을 쏟아내며 폭죽처럼 터져버렸다.

그때마다 강한 충격파가 사방으로 전해졌는데, 마치 내장된 폭탄이 있는 것 같은 정도의 충격량이었다.

이 정도의 위력이라면 강력하게 구축된 외벽이라 해도 피해를 걱정하지 않을 수가 없었다.

지난 웨이브 때도 두꺼운 콘크리트 방벽의 위력만 믿고 변이체들의 자살 공격을 간과했다가, 결국 민간인들이 대거 납치된 사전 경험이 있었기 때문이다.

"최대한 충돌을 지연 시킨다! 적극적으로 방어해!"

동원이 소리쳤다.

여기저기서 터져 나가는 파이어 골렘의 위력만으로도 엄청난 충격량이 느껴졌기 때문이다.

그러자 외벽 여기저기에 배치된 스피어러들이 앞을 다투어 중력 폭탄을 날렸다.

중력 폭탄은 모든 스피어러들의 필수품이기도 했다.

5스피어가 소진되는 소모품으로, 이제 갓 스피어러가 된 자들에게는 부담이 되는 물품이었지만, 전진 기지에 배치된 상위 스피어러들에게는 그래도 여유롭게 구비하고 다닐 만한 물건이기는 했다.

아마 수납의 자유만 있었더라면 상위 스피어러들은 끝도 셀 수 없을 만큼의 중력 폭탄을 가지고 다녔을 것이다.

그만큼 중력 폭탄의 효과는 좋았다.

오히려 스피어러들은 회복 포션과 같은 치유 보조 물품들에 대해서는 관심이 없었다.

이유는 간단했다.

변이체들과의 전투가 보통 적당한 수준에서 끝나지 않았기 때문이다.

즉, 변이체들을 상대로 한 전투의 양상은 두 가지였다.

변이체들에 비해 수적, 질적 우위를 점해 전투 자체가 손쉽게 끝나거나. 아니면 아예 무지막지하게 강한 변이체를 만나 손을 쓸 새도 없이 죽거나.

슈트의 특수 방어 능력이 사라지면 거의 공격 한 번에 치사(致死)에 이르는 것이 스피어러들의 현실이었고, 변이체들의 위력이었기 때문에 회복 포션은 큰 의미가 없었다.

퍼엉!

펑! 펑!

여기저기서 중력 폭탄이 터졌다.

그러자 돌진하던 파이어 골렘들의 속도가 현저히 느려졌다.

하지만 일반 변이체들처럼 기동 능력을 상실하고 바닥에 엎드리거나 붙은 형태가 되진 않았다.

자체적으로 가지고 있는 골격과 추진력이 중력 폭탄의 역장이 가진 힘을 어떻게든 극복할 정도가 되었고, 역장 속에도 파이어 골렘들은 느린 화면을 보는 것 같은 느낌이었지만 그래도 움직이는 모습을 보였다.

스피어러들의 맹공이 이어졌다.

역장의 중력을 계산한 원거리 공격이 이어지자, 그대로 중력이 실린 공격에 파이어 골렘의 외골격을 꿰뚫으며 여기저기 상처를 냈다.

그러자 견뎌내지 못한 파이어 골렘의 몸이 펑펑 터져나가며, 흡사 폭죽놀이를 하는 듯한 진기한 광경이 펼쳐졌다.

하지만 이내 역장이 사라지자, 그 사이를 뚫고 들어온 파이어 골렘들이 기어코 외벽에 부딪히며 자폭 공격을 개시하기 시작했다.

퍼엉! 퍼엉!

퍼어어엉!

"크윽!"

"으으윽!"

파이어 골렘의 충돌로 인한 폭발에 외벽에서 원거리 공격을 퍼붓던 스피어러들이 신음을 터뜨리며 여기저기서 쓰러졌다.

외벽에 부딪힌 파이어 골렘은 일순간 거대한 마그마 덩어리로 변하듯 녹기 시작하더니, 그대로 자신의 몸이 닿은 외벽을 녹여 버렸다.

한 번에 외벽이 무너질 정도의 수준은 아니었지만, 파이어 골렘과 충돌이 일어난 외벽은 시뻘겋게 변하며 이내 일부가 아이스크림처럼 녹아내렸다.

다행히 이 변이체들의 웨이브는 길지 않았다.

한차례 대규모 충돌이 일어나고 나자, 다음 웨이브가 이어졌다.

모두가 스피어 내외에서 한 번씩은 경험해 본 변이체들이었고, 각자 고유의 내성이 있어 그때마다 스피어러들은 자신들의 속성을 달리하여 싸워야 했다.

작정한 듯 쏟아내는 변이체들의 웨이브는 엄청났다.

중간중간, 세 번에서 네 번의 웨이브를 간격으로 파이어 골렘이 투입됐고, 겨우겨우 견뎌내던 외벽이 무너지면서 스피어러들의 방어선은 내벽 쪽으로 후퇴할 수밖에 없었다.

시간이 지날수록 웨이브의 규모는 더욱 커져갔고, 마지막 힘을 짜내듯 변이체들의 위력도 상당해졌다.

초기에는 거구의 변이체들로 구성된 외형으로 위압을 주

는 웨이브였다면, 뒤로 갈수록 점점 소형화되면서 날쌘, 그리고 위력적인 일격을 가진 암살자 타입의 변이체들로 변했다.

웨이브의 끝에 이르러서는 늑대의 외형을 닮은 날렵한 맹수 형태의 변이체들이 등장하기 시작했는데, 여기서 스피어러들이 상당히 고전하기 시작했다.

동원이 신경을 쓰지 못하는 지역에서 결국 희생자가 발생하기 시작했다.

동원은 전투 도중에 눈가에 난 깊은 상처에서 피가 철철 흘러내리는 것도 잊은 채, 전장을 누비며 변이체들을 처리해 나갔다.

최전선에서 싸우는 동원을 노리고 수많은 변이체들이 달려들었지만, 동원의 일격에 단숨에 나가떨어졌다.

동원은 다른 스피어러들보다 훨씬 빠르고, 훨씬 강했다.

변이체들은 예전과 달라진 동원의 변화를 인지하지 못했고, 추풍낙엽처럼 쓰러져 나갔다.

외벽이 무너진 것을 제외하면 튼튼한 내벽을 바탕으로 완벽한 수성전을 치르고 있는 제2포탈과 달리, 다른 포탈의 상황은 생각보다 좋지 못했다.

역시 가장 큰 위기가 된 것은 파이어 골렘들의 자살 공격을 막아내지 못한 전진 기지들이었다.

그중에는 결국 방어선이 뚫리면서 스피어러들이 전멸하고, 아예 변이체들이 포탈을 넘어 지구로 난입하기 시작한 곳도 있었다.

대표적인 곳은 중국과 일본의 전진 기지였다.

그들은 다른 곳보다 더 많은 수의 변이체들을 상대해야 했고, 현지 브리그 족과의 연계가 제대로 되어 있지 않아 방어 시설이 약했다.

단단한 방어선을 가진 다른 국가, 클랜의 수비를 결국 뚫어내지 못한 일부 변이체들이 노선을 바꾸면서 상대적으로 취약했던 방어선을 공격하기 시작한 것이다.

동원을 비롯한 다른 클랜의 리더들은 나중에야 그 소식을 접했지만, 방어선이 무너지면서 중국과 일본 등지에서는 결국 시가지를 미친 듯이 폭주하며 민간인들을 대량 살상하는 변이체들이 출몰하기 시작했다.

전진 기지에서 거의 몰살당하다시피 한 중국, 일본의 스피어러들은 조금이라도 더 안전한 포탈로 피신하거나, 웨이브에 휘말려 포탈을 통해 지구로 돌아와 악전고투를 벌였다.

이렇게 각국의 클랜과 스피어러들이 가진 역량, 입지적 조건, 준비 상태에 따라 천차만별의 차이가 나면서 모든 방어선이 건재할 것이라는 스피어러들의 기대는 빗나갔다.

당장에 가장 큰 피해를 본 중국과 일본은 이제 갓 스피어러가 된 사람들까지 모두 총동원이 될 만큼 혼란에 빠졌고, 당분간 웨이브의 후폭풍을 처리하기에도 바쁠 상황이 되었다.

“하아, 하아.”

“후우, 후우, 후우.”

제2포탈의 스피어러들은 모두 가쁜 숨을 몰아쉬고 있었다.

동원도 마찬가지였다.

한 차례도 쉬지 않고 쉴 새 없이 전투를 치른 동원도 뜨거운 숨을 토해내며, 다음 웨이브까지 잠깐의 휴식을 취하고 있었다.

동원의 건틀릿에는 변이체들에게서 묻은 온갖 체액들이 가득했다.

내, 외벽 근처에는 온통 변이체들의 시체들이었다.

물론 그 사이에 브리그 족의 시신과 전투 중에 희생된 스피어러들도 다수 있었다.

동원이 전투를 벌인 북쪽 전장은 그야말로 변이체들의 시체가 산을 이루고 있었다.

지구에서처럼 변이체들이 스피어로 변환되는 것이 아니었기 때문에, 시체들은 그 자리에 남아 역겨운 냄새를 뿜어냈다.

스피어러들은 자신이 가진 장치를 이용해 이 어마어마한 수의 변이체 시체들로부터 스피어를 회수할 수 있음에도, 각자 자리를 지킨 채 전투 중의 휴식 시간을 소중히 보내고 있었다.

어느 누구도 눈앞의 변이체들에 욕심을 내거나, 취하려고 하지도 않았다.

"이번 웨이브가 가장 강력하고, 가장 수가 많으며, 최후의 한 방이 될 듯하네."

"그 이후는 없어 보입니까?"

"확인된 바로는 그러네."

에제르가 온몸에 온통 피칠갑을 한 채로 동원에게 다가와 말을 걸었다.

아소그 역시 온통 변이체들의 피를 뒤집어쓰고 있는 건 매한가지였다.

동원도 여기저기 묻은 체액들을 털어내지 않았다면 비슷했을 것이다.

"이번 웨이브를 확실하게 막으면, 그다음의 기회가 오겠군요."

동원의 표정이 한층 밝아졌다.

물론 이미 무너진 다른 전진 기지에서는 이번 웨이브를 감당해 낼 여력 자체가 없을 것이다.

전투 도중에 케인을 통해 입수한 정보에 따르면, 5할 이상의 전진 기지의 방어선이 무너졌고, 해당 스피어러들은 포탈 너머로 후퇴하여 지구에서 웨이브를 방어하고 있다고 했다.

큰 그림으로 보자면 절반의 성공인 셈이었다.

"위기가 곧 기회이니."

"그렇게 될 겁니다."

동원의 다음 계획을 알고 있는 에제르가 고개를 끄덕였다.

그리고 마침 비슷한 시기에 웨이브가 잠시 멈췄는지, 케인으로부터 교신이 도착했다.

[동원, 그쪽은?]

[외벽은 내줬지만, 내벽에서 확실하게 막아냈다. 희생자가 있지만, 많은 편은 아니다. 안타까운 일이지만…….]

다시 동원의 표정이 살짝 어두워졌다.

예상했던 것보다는 분명 희생자가 적었다.

부상자가 있긴 했지만, 치료가 충분히 가능한 수준이었다.

이미 회복 포션을 먹으면서 포탈 근처에서 쉬고 있거나, 적당히 통증을 참아내며 싸우는 중이었다.

하지만 그래도 함께 싸웠던 소속 클랜원들을 잃었다는 것은 리더인 동원의 입장에선 가슴 아픈 일이었다.

초연하고 싶어도 그럴 수 없었다. 헛된 죽음은 아니지만, 함부로 여겨도 되는 죽음 또한 아닌 것이다.

[우리 쪽도 앞서 계속 이야기한 대로 성공이다. 이전에 말한 포인트로 합류 가능하겠어? 이번 웨이브가 끝나면, 다음 웨이브는 없다. 결계가 다시 생길 것이고, 그렇게 되면 포탈은 안전할 거다.]

케인의 목소리에는 힘이 실려 있었다.

동원 역시 다시금 움켜쥔 두 주먹에 힘을 불어넣었다.

[가능해. 빠르게 합류하겠다.]

[놈들에게 카운터펀치를 먹여주자고. 네 전매특허인 카운터 말이야.]

동원이 짧고, 굵게 답했다.

드디어 반격의 시간이 왔다.

제4장

락 온(Lock On)

상황이 묘하게 흘러가기 시작했다.

전선이 뒤섞이기 시작한 것이다.

중국과 일본을 비롯해 스피어러 층이 얇고 내부 정리가 완벽하게 되지 않은 국가와 연계된 전진 기지는 최종 단계의 웨이브에서 결국 버텨내지 못하고 초토화되고 말았고, 그곳에 주둔하던 스피어러들은 그대로 포탈을 통해 후퇴했다.

그래서 그런 쪽은 전선이 포탈을 넘어가 지구 쪽에서 형성되었다.

애초에 전진 기지를 방어하기 위해 정예를 선발했을 그들이 쉽게 방어가 가능할 리 만무했고, 여기저기서 사상자를 내며 변이체들에게 속수무책으로 당하는 중이었다.

하지만 동원을 위시한 대한민국의 클랜과 케인이 소속된 히어로즈 클랜의 클랜원 다수가 합류한 한─미 연합 전력은 달랐다.

한─미 스피어러 연합으로 짜인 전력은 크고 작은 무리를 합치면 도합 일곱 개 정도가 되었고, 그중에 가장 큰 것은 역시 블랙 헌터 클랜과 히어로즈 클랜이 뭉친 코드 에이(Code A)였다.

각 연합체마다 자신들을 지칭하는 이름이 있었는데, 동원과 케인이 힘을 합친 연합체의 이름이 코드 에이인 것이다.

코드 에이를 포함한 일곱 개의 연합체는 타깃 두 곳을 잡았다.

가장 가까운 거리에 있는 이그라드 족의 본거지였다.

엄청난 수의 웨이브를 막아내고 난 터라 피로가 잔뜩 쌓여 있을 법도 하지만, 오히려 다들 기세가 크게 오른 모습이었다.

거짓말을 조금 보태자면, 웨이브를 막아낸 것은 그저 탐색전에 불과한 것처럼 느끼는 눈치였다.

"또 이렇게 만나는군요."

"역시 합류가 빠르시군요. 히어로즈 클랜의 성공을 믿어 의심치 않았습니다."

"하하, 저 혼자만 가고 있는 게 아니잖습니까. 옆에 계신 분이 있는데요. 블랙 헌터 클랜의 눈부신 발전은 대한민국뿐만이 아니라, 스피어러들에게 큰 자극과 동경의 대상이 될 겁니다."

합류 지점에서 마주한 동원과 데이비스는 유쾌하게 대화를 나누었다.

동원도 그랬고, 데이비스도 온몸이 땀에 흠뻑 젖어 있었지만, 역설적으로 몸은 더더욱 가볍게 느껴졌다.

앞서의 전투 덕분에 몸이 풀린 느낌이었다.

확실히 정예들이 모인 전력이라는 것이 외형에서도 느껴졌다.

모든 스피어러들의 면면이 그러했다.

동원의 뒤를 따르고 있는 스피어러들만 해도 미국 쪽에서도 오염지대 탐사나 관련 소식을 통해 보았던 인물들 그대로였다.

가온의 리더로 유명했던 김혁수, 히어로즈 클랜에서 고급 용병으로 활동했었던 이정우, 테이머라는 특이한 직업군으로 얼마 전 스피어러 커뮤니티의 집중 조명을 받은 김윤미.

그 외에도 과거 국가대표 이력이 널리 알려진 이유리와 나머지 황찬성, 황찬열, 서희, 규현 모두 어지간한 스피어러들이라면 다 아는 인물들이었다.

이것은 히어로즈 클랜 역시 다를 것이 없어서, 데이비스와 케인을 위시한 최전방의 스피어러 스물 정도는 소위 '네임드' 라 불릴 만한 자들이었다.

"선의의 경쟁이 되길 바랍니다. 경쟁의 시작이 될 수도 있고, 혹은 종착점이 될 수도 있을 겁니다."

데이비스가 먼저 말을 꺼낸 것은 역시 코어에 대한 이야기였다.

현재 연합군이 이동하고 있는 곳, 그곳에 바로 브리그의 코어들이 있었으니까.

동원과 데이비스 쪽은 세 개의 연합체였고, 나머지가 네 개의 연합체였다.

즉, 이렇게 두 무리가 두 개의 코어를 노리고 있는 셈이었다.

데이비스는 자신이 한 말대로 이번 전투에서 이그라드 족의 섬멸을 최우선으로 하되, 당연히 브리그 코어에 대한 욕심도 함께 내기로 했다.

단, 그 코어의 주인이 동원이 되면 이후로는 미련 없이 동원에게 코어를 얻을 수 있는 정보와 지원을 아끼지 않겠다고 했다.

그는 가까운 곳만 바라보고 욕심을 내지는 않았다. 대승적인 결단도 충분히 내릴 줄 아는 사람이었고, 그래서 그런 약속을 한 것이다.

물론 다른 루트로 이동하게 된 연합체에 구성된 클랜 리더들의 생각은 조금 달랐다.

이번에 어떻게든 코어를 손에 넣은 뒤, 앞으로 계속해서 코어를 차지하며 자신과 자신의 클랜의 입지를 높이겠다는 생각을 가진 리더들이 여럿 있었다.

저마다 생각은 조금씩 달랐지만, 궁극적으로 이그라드가 가진 힘의 근원을 제거하고 이 지독한 악순환의 고리를 끊는 것이 당연하다고 여겼기에 목표는 같았다.

그래서 이렇게 더 치열해질 전장으로 이동하고 있는 것이었다.

* * *

"후우."

"긴장이 되시나 봅니다. 역시 나이는 못 속입니다?"

"이놈아, 네 왼손이나 보고 말하거라."

"음… 이건 그냥 원래 습관입니다. 자주 떨어요."

이그라드의 본거지로 향하는 길.

탁해진 공기가 그 첫 번째 증거로 코끝을 찔렀다.

에제르와 아소그는 동원 일행과 합류하여 이동하고 있었고, 곁에는 브리그 족의 동료들이 함께 모여 있었다.

스피어러와 브리그 족이 모여 만들어진 거대한 행렬은 끝이 보이지 않았다.

물론 이 수의 곱절 이상의 이그라드 족이 눈앞에 보이는 산 너머에서 기다리고 있을 것이다.

한 가지 다행인 점은 빅 웨이브가 시작되면서 당연히 스피어러와 브리그 족들이 쓸려 나갈 것이라 여기고 마음을 놓았는지, 이쪽으로 정찰을 위한 전력 하나 보내지 않고 있다는 것이었다.

메인 코어의 위치는 쉽게 특정할 수 있었다.

이그라드 족은 메인 코어를 변이체 양성을 위해 사용했다.

즉, 변이체를 생산하기에 적합한 건물이 필요하다는 이야기다.

이미 첩보를 통해 입수한 바에 따르면, 위치는 확인이 됐다.

예상했던 대로 그들의 거점 중앙에 있는 거대한 홀 형태의 건물이 메인 코어의 소재지로 특정됐다.

결국 거점에 위치하고 있는 이그라드 족 대부분을 제거하거나, 혹은 패퇴시켜야만 한다는 이야기였다.

애초에 기대도 하지 않았지만, 약간의 요행이라도 기대해볼 수 있지 않을까 했던 스피어러들은 묵묵히 이동을 계속했다.

"오빠, 자신 있어요?"

동원의 옆에서 조용히 동행하던 이유리가 물었다.

동원이 자신 없어 보여 묻는 것이 아니었다.

지금 이곳에 있는 스피어러들 중에 동원이 가장 힘을 갖출 만한 자격이 있다고 여기기에, 다시 한 번 동원의 열정과 투지를 자극하고 싶었던 것이다.

"정당한 경쟁과 방법 안에서라면 자신 있지. 내게 중요한 건 그 힘이 꼭 내 것이어야 한다는 것이 아니야. 내가 그만한 자질이 있고, 능력이 있다면, 당연히 내 것이 될 테니까. 내 스스로를 믿을 뿐."

"이번 전투까지 완벽하게 매듭지어진다면 앞으로의 전황은 크게 달라지게 될 거예요. 그렇게 생각하지 않아요?"

"첫 번째로 메인 코어를 손에 넣었을 때와는 완벽하게 다르겠지. 첫 메인 코어는 양쪽 모두가 주인이 아니었으니, 6 대 1이 되는 것이지만. 여기서 하나를 빼앗게 되면 5 대 2가

되고, 하나를 더 빼앗으면 4 대 3이 될 테니까. 격차가 두 개씩 줄어들게 되는 셈이야."

동원은 날카롭게 상황을 파악했다.

그래서 이번과 같은 승부수를 던진 것이다.

처음에는 6 대 0의 상황이었기에 하나를 동원, 즉 스피어러들이 손에 넣었다고 해도 이그라드 입장에서는 크게 문제 될 것이 없었다.

자신들도 몰랐던 힘이 나타났을 뿐이니까.

하지만 이제부터는 하나를 빼앗기게 되면 얻는 쪽이 가져가는 이익에 비교해서 2개의 손실을 보는 효과가 생기게 된다.

때문에 이번 전투는 매우 중요했다.

* * *

날은 더욱 어두워졌다.

지평선 끝으로 보이던 산도 눈앞에 닿을 만큼 가까워졌다.

이 산을 넘게 되면, 바로 이그라드 족의 거점으로 내려가는 길이 나오게 된다.

길 여기저기에는 변이체들이 남기고 간 발자국이 여전히

선명하게 남아 있었다.

등 뒤, 저 멀리로는 동원과 스피어러들이 사투를 벌였던 포탈과 전진 기지가 아주 작은 점처럼 보였다.

여전히 죽음의 탑에서는 붉은 섬광이 뿜어져 나오고 있었다.

그런 탓에 포탈 주변을 둘러싸고 있던 결계도 여전히 복구가 되지 않은 상태였다.

아직까지 웨이브는 진행형이었고, 아마 당분간은 이런 상태가 계속될 것 같았다.

“속도를 좀 더 내는 게 좋을 것 같습니다.”

“그렇게 하죠.”

이그라드의 위성, 즉 이그라드의 달이 내리 비치는 빛을 제외하면 주변을 밝히는 조명은 아무것도 없었다.

함께 이동하고 있는 브리그 족이 만들어내는 광원이 유일한 조명의 전부였다.

주변에서 자신들을 정찰하고 있는 이그라드 족의 모습도 보이지 않았고, 아예 이그라드 족은 이쪽 방면으로의 신경을 끄고 있는 듯했다.

자신들이 보낸 수많은 변이체들의 위력을 믿은 자만인 걸까, 아니면 의도된 함정일까?

아직까지는 전자로 보였다. 후자였다면 진작에 모습을

드러내고 기습을 할 만한 구간은 얼마든지 있었기 때문이다.

동원은 혹시라도 만약의 변수가 개입하기 전에 이동 속도를 더욱 높여, 신속하게 공격을 개시하는 것이 낫다고 판단했다.

물론 여기 있는 모든 스피어러와 브리그 족들은 지친 상태였다.

저마다 체력 안배를 해가며 싸운 덕분에 다른 지역의 스피어러들에 비해서는 덜 지쳐 있다고는 해도, 기존의 체력이 100이라면 대부분이 30~40을 겨우 넘기고 있는 정도였다.

그래도 동원은 속전속결이 낫다고 판단했다.

아직 전투 과정에서 흘린 피와 땀이 식지 않았을 때, 전투에 대한 감각이 양손 끝에서 짜릿하게 살아 있을 때.

한 놈이라도 더 상대하는 것이 낫다고 여긴 것이다.

데이비스도 바로 동원의 말에 동의했고, 빠르게 걷는 정도였던 스피어러와 브리그 족 모두가 달리기 시작했다.

앞으로 보이는 산을 올라야 하는 고된 시간이 되겠지만, 여전히 모두의 눈빛에는 투지가 살아 있었다.

* * *

“저곳이…….”

“앞으로 우리가 공략할 곳이 되겠군요.”

그로부터 1시간 후, 연합군은 정상에 도달했다.

피비린내가 잔뜩 섞인 바람은 이그라드 족의 거처에서 바람을 타고 정상으로 올라왔다.

매캐하고 축축하며, 음습하고도 기분 나쁜 냄새였다.

모든 곳이 내려다보였다.

그리고 거점 중앙에 우뚝 솟아 있는 거대한 홀이 보였다.

여전히 그 안에서는 변이체들이 나오고 있었다.

초기 웨이브에 투입된 수에 비하면 현저히 줄어든 양이었지만, 동쪽 문을 통해 나온 변이체들은 동원 일행이 온 반대 방향을 향해 끊임없이 이동하고 있었다.

아마도 그쪽 방면의 어떤 포탈이나 스피어러들을 공략하기 위함이리라.

코어로 이루어진 감시탑처럼 고등 문명의 방어 체계가 갖춰진 브리그 족과는 달리, 이그라드의 방어 체계는 다소 원시적이었다.

감시탑에는 이그라드 족이 직접 경계를 서며 주변을 살피고 있었고, 코어로 이루어진 탑 같은 것도 보이지 않았다.

하지만 주변을 계속해서 경계하고 있는 이그라드 족 전사들의 모습은 브리그 족과 달리 기골이 장대했고, 거대한 체형을 가지고 있었다.

동원이 민간인 구출 작전 당시 마주했던 이그라드 족과는 또 달랐다.

그들은 아마도 마법 혹은 정신 공격을 담당하는 고등 개체였을 것이고, 대부분은 이들처럼 전투에 특화된 전사들일 터였다.

"이제 뒤는 없습니다. 앞으로 나갈 일만 존재하지요. 마지막으로 마음을 가다듬고, 진격하는 것은 어떻겠습니까. 5분, 5분이면 딱 적당할 것 같군요."

동원이 먼저 운을 뗐다.

데이비스는 대답 대신 고개를 끄덕이는 것으로 동의했다.

그러자 스피어러들이 눈치껏, 정상의 여기저기에 자리를 잡고 앉아서는 마지막으로 자신의 무기 상태와 보유한 폭탄들을 재점검했다.

결전의 순간이었다.

목표는 메인 코어가 보란 듯이 놓여 있을 중앙의 메인 홀.

앞을 가로막는 그 모든 것들은 사라져 없어지게 될 터

였다.

"……?"

이그라드 족의 전사들은 순간 자신들의 두 눈을 의심했다.

변이체들이 공격을 위해 몰려간 자리.

남쪽으로 보이는 산은 이그라드 족의 입장에선 수풀이 가득한 것을 제외하면 기척이라고는 전혀 없어야 하는 산이었다.

변이체들은 특별한 명령이 없다면 절대 후퇴하지 않고 브리그 족과 스피어러들을 모두 말살(抹殺)할 때까지 끝없이 싸울 것이기 때문이다.

즉, 무언가가 나타날 가능성이 없어야 한다는 이야기다.

한데 자신들의 눈에 보인 것은 다름 아닌 무장을 한 스피어러들과 독기를 가득 품은 브리그 족의 전사들이었다.

그 수는 끝이 보이지 않을 정도로 많았다.

일순간 그 기세에 압도당한 이그라드 전사들은 할 말을 잃고 멍하니 서서 그 광경을 지켜보았다.

전혀 예상치도 않았던 일이 벌어지자 생각과는 달리 몸이 반응하지 못한 것이다.

"끄엑!"

그 잠깐을 망설이는 사이에 공격이 개시됐고, 브리그 족의 정신 제어에 걸려든 이그라드 전사 하나가 피를 토하며 쓰러졌다.

브리그 족 중에서도 가장 심후한 힘을 가지고 있는 에제르의 정신 공격은 매서웠다.

그와 아이 컨택이 이루어진 이그라드 전사는 순간 머릿속이 희어지는 느낌을 받았고, 온몸에서 치밀어 오르는 역겨운 느낌과 함께 바로 피를 토해내고는 즉사했다.

애초부터 이그라드 족은 정신 공격과 같은 고차원적인 공격에서는 브리그 족에 비해 절대적인 열세였다.

하지만 이그라드가 변이체들을 무수히 생성해 무차별적인 공격을 가할 수 있게 되고, 그 과정에서 수적 우세를 점하면서 육탄전에 능한 이그라드 족이 우위를 점하게 됐을 뿐이었다.

"으컥!"

쿠웅!

저 멀리서 화살 하나가 총알같이 허공을 가르더니, 그대로 감시탑 위에 있던 전사의 이미 한가운데를 꿰뚫었다.

당연히 그 자리에서 죽었음은 말할 필요도 없었다.

무언가가 번쩍하면 숨이 끊어진 전사들이 앞으로 고꾸라졌다.

브리그 족처럼 바로 적을 감지하고 맹공을 퍼붓는 감시탑과 달리, 이그라드의 감시탑은 고전적인 것이었다.

"기습, 기습이다! 적의 기습이다!"

이그라드의 전사 중 그나마 정신을 일찍 차린 전사 하나가 소리쳤다.

전혀 생각지도 않았던 자신들의 본거지에서 펼쳐진 전투.

변이체들의 대규모 웨이브만 믿고 느긋하게 다음 공격 시점을 잡고 있던 이그라드 족으로서는 치명적인 기습이었다.

제5장
공방전

전투가 시작되자 지친 기색이 다소 보이던 스피어러들도 언제 지쳤냐는 듯 평소보다 더욱 매섭게 적을 몰아붙였다.

"켁! 크엑!"

동원도 예외는 아니었다.

그들 중 기세 좋게 동원에게로 달려든 이그라드 전사 하나가 동원의 건틀릿에 그대로 목을 붙잡힌 채, 허공에서 가쁜 기침을 토해내며 바동거렸다.

지난 메인 코어의 흡수로 강력해진 동원의 육체적인 능력은 상상 이상이었다.

일순간 큰 힘이 필요할 때면 단순한 근력뿐만 아니라 인체 구조상 발현할 수 있는 한계 그 이상의 힘이 단번에 발현됐다.

그 결과가 바로 지금 동원의 앞에서 두 다리를 지면에 닿지도 못한 채, 바둥거리고 있는 이그라드 전사였다.

목을 제대로 잡힌 그의 표정은 점점 시뻘겋게 변해가고 있었고, 워낙에 강한 힘으로 옥죄고 있는 탓에 두 눈이 터질 것처럼 부풀어 올랐다.

빠엉!

"끄억……!"

그 상태로 복부 한가운데 동원이 힘을 잔뜩 불어넣은 파워 웨이브가 작렬하자, 등 뒤로 파장이 터져 나가며 동시에 전사의 배 속에 들어 있던 내용물들이 그대로 산산조각 나며 뒤로 흩뿌려졌다.

"……."

이그라드의 전사는 난생처음이자 마지막으로 자신의 뻥 뚫려 버린 복부 한복판을 보고는 그대로 정신을 잃어버렸다.

뚝뚝 떨어지는 피에서는 비린내가 물씬 풍겼다.

"야아, 발은 처음이냐? 왜 이렇게 못 막아?"

빠억! 빡! 빡! 빡!

"쿠억!"

"아니, 너희들도 꽤 잘나가는 놈들 아니냐? 이렇게 다 맞을 정도면 얼마나 싸움을 못하는 거냐?"

같은 시각, 이정우는 자신에게 붙은 두 명의 이그라드 전사들을 현란한 발놀림으로 유린하고 있었다.

그들은 속수무책이었다.

하단을 집요하게 공략하는 이정우의 공격을 제대로 방어하기가 버거웠다.

전사들에 비해 상대적으로 작은 이정우의 신장이 놈들의 하단 공략을 수월하게 만들었고, 계속된 공격 속에서 몸의 무게중심을 잃은 전사들이 비틀거렸다.

그 빈틈을 파고드는 것이 바로 김혁수의 매서운 검격이었다.

가볍고 경쾌하며 현란한 발차기와 무겁고 매서우며 치명적인 검격이 한데 어우러지자 이그라드의 전사들도 우왕좌왕하는 가운데 죽어나갔다.

그들은 신체적으로 인간보다 탁월한 근력을 가지고 있었지만 기동력은 떨어졌다.

그리고 그들이 상대하고 있는 스피어러들은 스피어러 중에서도 내로라하는 실력자들이 모인 엘리트 집단이었다.

일반적인 C~E 랭크 정도의 스피어러였다면 단숨에 끝

장이 났겠지만 이들은 달랐다.

모두가 인체의 한계를 오래전에 뛰어넘은 사람들이었다.

거점 남쪽에서 시작된 전투는 긴 전선을 형성하며, 치열하게 벌어졌다.

예상치도 못했던 기습으로 초반 대응이 부족했던 이그라드 족은 스피어러와 브리그 족의 매서운 공격에 여기저기서 쓰러져 나갔다.

동원과 데이비스의 효율적인 지휘 속에 연합군은 신속한 공격을 전개해 나갔다.

거점 외곽에서 벌어진 전투에서 순식간에 이그라드 족을 궤멸시킨 그들은 빠르게 시가지 내로 파고들었고, 오히려 시가지 곳곳에 위치한 건물들을 이용해 역으로 게릴라전을 펼쳤다.

게릴라전에서 빛을 발한 것은 이유리와 서희, 김윤미로 이어지는 여스피어러 트리오였다.

항상 전투에서 포지션을 고지대, 원거리로 잡는 그녀에게 이런 시가지 전투는 그야말로 공격을 극대화하기에 딱 좋은 조건이었다.

건물 상단에 자리를 잡은 이유리는 이그라드 전사들의 눈에 잘 띄지 않는 사각지대에 자리를 잡은 뒤, 매섭게 화살 공격을 퍼부었다.

껄끄러운 이유리를 노리기 위해서는 건물 안을 통해 상층부로 올라오거나, 원거리 공격을 해야 했는데 대부분의 이그라드 전사들은 근접전을 펼치는 자들이었다.

아직까지 역장 공격과 같은 원거리 공격을 펼칠 수 있는 자들은 나타나지 않고 있었다.

하지만 이그라드 족에 전사들만 있는 것은 아닌 만큼, 이유리는 계속해서 주변을 예의 주시하고 있었다.

참지 못하고 이유리를 노리고 건물 쪽으로 달려드는 전사들은 김윤미와 백랑의 거센 공격에 또 한 번 막혔다.

백랑은 매섭게 그들을 물어뜯었고, 김윤미는 전사들이 쉽게 움직이지 못하도록 계속 속박 유도 기술을 사용했다.

잠깐이라도 두 다리가 지면에 묶여 움직일 수 없게 되면, 그 틈을 백랑이 매섭게 파고들었다.

백랑이 일격에 처리하지 못하면 순식간에 위에서 날아온 화살이 그대로 전사들의 머리를 꿰뚫었다.

민첩성과 더불어 힘을 집중적으로 키운 이유리의 화살 공격은 거리가 가까울수록 그 위력이 배가될 정도로 폭발적이었다.

게다가 속성까지 부여된 공격이었기 때문에, 이후 추가로 걸리는 상태 이상 효과가 컸다.

서희의 공격은 마침표였다.

과거 그저 '매서운 불길' 정도에 불과했던 그녀의 파이어 월과 '위협적인 화염구' 정도에 불과했던 파이어 볼은 이제 더 이상 만만하게 볼 수 있는 것이 아니었다.

규현이 게임에서 주로 쓰이는 마법 이름인 '헬 파이어'를 별칭으로 붙여줬을 정도로, 그녀의 파이어 월 공격은 매우 강력했다.

이 화염구는 받아치거나 견뎌낼 수 있는 수준의 것이 아니었다.

뜨거운 마그마가 끓어오르듯 매우 강력한 열기를 머금고 있었는데, 이에 정면으로 노출되면 그 어떤 것도 남아나지 않았다.

매서워진 위력만큼 투사체의 속도가 다소 느려진 것이 약점이긴 했지만, 더욱 정교해진 마법의 명중력은 그 점을 충분히 보완하고도 남았다.

원거리 사격. 이동 경로 차단. 폭발적인 마법 공격.

세 가지가 어우러진 그녀들의 전투는 시가전에서 빛을 발했고, 그 과정에서 상당수의 이그라드 족들이 죽어 나갔다.

물론 일방적으로 스피어러들이 우세만 경험한 것은 아니었다.

기습으로 초기 대응이 늦었지만, 시간이 지나면서 중구

난방(衆口難防)으로 움직이던 이그라드 전사들도 전열을 되찾기 시작했다.

각 거점에는 전사들을 지휘하는 지도자가 있었고, 이곳도 예외는 아니었기 때문이다.

상대가 점점 조직적으로 대응하는 모습이 보이기 시작하자, 동원과 데이비스는 더욱 공격의 강도를 높였다.

지금은 속전속결이 답이었다.

영화나 소설 속에서 나오는 악당, 조직들처럼 그들이 바보라면 마냥 당해주기만 하겠지만, 이것은 냉정한 현실이었다.

이그라드 족에도 연락 체계는 존재했고, 이미 주변의 거점에 있는 동족들에게 연락이 갔을 터.

어쩌면 지금 이쪽으로 대규모의 전력이 이동 중일 수도 있었다.

이미 시가지 중심으로 깊숙하게 파고든 상태에서 거점 외곽에 지원군들이 나타나기 시작하면 그대로 포위당하게 될 공산이 컸다.

저마다 실력이 있는 스피어러들이지만 그렇다고 해서 순간 이동을 하거나 하늘을 날아 멀리 가는 것은 불가능한 일이었고, 그렇게 되면 오히려 진퇴양난이 되어 큰 손해를 볼 가능성이 높았다.

"하악, 하악, 하악."

스피어러 중에서는 거친 숨을 몰아쉬는 사람들도 많았다.

그만큼 전투가 격렬했다.

연합군은 시가지 중심을 돌파해서 메인 홀로 향하는 대로에 진입했고, 연합군의 목적을 파악한 이그라드 족들은 대로에서 격렬하게 저항했다.

직선 주로를 따라 그대로 밀어붙이면 바로 메인 홀로 들어가는 정문이었지만, 저항이 상상 이상이었다.

처음에는 연합군의 의도를 눈치채지 못했던 이그라드 족도 그들의 이동 루트가 종국에는 메인 홀로 향하자 황급히 병력을 집결시키기 시작했다.

하지만 초전에 완벽하게 연합군의 페이스에 휘말려 버린 탓에 전력 손실이 많았고, 대로에서의 전투도 시간이 지날수록 이그라드 족에게 불리하게 흘러갔다.

그들의 기대는 지원 요청을 받은 주변의 동족들에게 달려 있었다.

이미 지원군이 출발한 상황이었다.

원거리를 이동할 수 있는 공간 이동 체계가 있다면 좋았겠지만… 아쉽게도 이그라드 족에게는 그런 응용 능력이 부족했다.

메인 코어의 힘으로 지구의 각지를 연결하는 포탈은 만들어 냈지만 원하는 공간을 연결하는 능력은 부족했던 것이다.

"한 시간 정도가 데드라인이 되지 않겠나 싶습니다. 주변 거점과의 거리를 고려하고 개전 이후의 시간을 고려해 보면 말이죠."

"한 시간… 짧지도 길지도 않은 시간이군요."

"후아……."

동원과 데이비스가 대화를 주고받는 가운데, 두 사람의 뒤에 있던 김혁수가 정면에 우뚝 서 있는 거구의 전사를 보고는 긴 한숨을 내쉬었다.

한눈에 보기에도 전사들의 지도자임을 훤히 알 수 있는 특이한 복색과 얼굴에 새겨진 문양, 그리고 거대한 몸을 가진 상대.

온몸은 온통 근육질이었고, 두꺼워 보이는 외피는 검 따위로는 생채기도 못 낼 것 같을 정도로 단단해 보였다.

두 눈에서 뿜어져 나오는 눈빛은 매섭기 그지없었고, 움켜쥔 양손의 주먹에서는 열기가 이글거리듯 피어올랐다.

변이체들의 생성 거점이자, 메인 코어가 위치한 자리이기도 한 메인 홀의 정문 앞.

그 앞에 집결한 이그라드의 전사들과 반대편에 선 스피어러, 브리그 연합군 사이에 적막이 흐르고 있었다.

모두가 격전으로 지쳐 있었고, 가쁜 숨을 몰아쉬고 있는 자들도 많았다.

막아야 하는 자들.

그리고 반드시 뚫어야만 하는 자들.

앞으로 벌어질 수많은 전투의 터닝 포인트가 될지도 모르는 상황은 어느새 코앞으로 다가와 있었다.

전장 곳곳에 널려 있는 이미 숨이 끊어진 시체들은 그저 시작에 불과할 뿐이었다.

"전원 전투 준비!"

척! 처척! 척!

적막이 도는 대치 상태에서 몸의 긴장을 살짝 풀었던 스피어러들이 동원의 외침에 다시금 자세를 다잡았다.

이유리는 활시위를 최대치로 끌어당긴 상태에서 동원의 명령이 떨어지길 기다리고 있었다.

"공격!"

피이이이잉!

동원의 명령과 동시에 전장 한가운데를 가장 먼저 가르며 날아간 것은 그녀의 화살이었다.

끄헥!

단말마의 비명이 터져 나오며 미처 이유리의 화살을 인지하지 못했던 이그라드 전사 하나가 목숨을 잃었다.

이것이 바로 개전의 신호탄이었다.

양쪽에서 서로를 마주 본 채, 일렬로 도열해 있던 연합군과 이그라드 족이 드디어 맞붙었다.

대열 그리고 맞붙는 전투 양상은 드라마나 영화에서 익숙하게 보아왔던 전장의 모습 그대로였지만, 각자가 사용하는 기술들은 달랐다.

스피어러들이 현란하게 자신들만의 기술을 퍼붓는 가운데, 브리그 족은 집요하게 최전방에서 달려드는 이그라드 전사들의 정신 제어를 시도했다.

하지만 이번에는 쉽지 않았다.

이그라드 족에서도 전사들이 아닌 정신 공격을 전담하고, 기공파 형태의 공격을 퍼붓는 고등 개체들이 있었기 때문이다.

이들을 브리그 족은 마법사라고 불렀다.

엄밀히 따지자면 마법사의 개념은 서희와 같은 스피어러에 좀 더 가까웠지만, 브리그 족은 제반 정신 공격들을 통칭해서 마법으로 부르는 것 같았다.

이그라드의 마법사들은 정신 제어를 시도하는 브리그 족

의 공격을 막기 위해, 전사들에게 일종의 정신적 방어벽을 형성해 주었다.

오히려 정신 제어를 시도하는 브리그 족을 역으로 노려, 빈틈을 공략하려 했다.

그 와중에 몇몇 브리그 족은 의도된 이그라드 마법사들의 함정에 걸려, 역으로 정신을 컨트롤당할 뻔하다가 겨우 벗어나기도 했다.

앞서 우왕좌왕하거나 당황한 기색이 역력하게 싸우던 이그라드의 전사들과 달리, 이들은 하나부터 열까지 체계적이었다.

전투는 호각세로 흘러갔다.

기세는 스피어러들이 더 높았지만, 비축된 체력은 이그라드 족이 더 많았다.

몇몇 스피어러들은 전력을 다해 싸우고 있었지만, 웨이브 수비 과정에서 소진된 체력의 회복이 더뎌 점점 전투 능력이 급감하고 있었다.

하지만 동원을 위시한 최정예 전력이 포진한 본대는 강력했다.

기세 좋게 달려들던 이그라드의 전사들이 일거에 쓸려 나갔다.

동원은 전장을 휘저으며, 카운터 발동을 빠르게 연계해

가며 이그라드 전사들을 공략했다.

그들은 단단한 외피에 물러서지 않는 강인함, 그리고 전투에 특화된 호전적 성향을 가지고 있었지만 그것이 오히려 패착이었다.

동원에게 호기롭게 달려들던 이그라드 전사들은 동원의 공격을 버텨내지 못했다.

스피어러들에 대한 정보가 아예 없는 것은 아니었기에, 어느 정도 일격을 '주고받는' 정도는 괜찮겠다고 판단했던 전사들에게… 동원의 공격은 그야말로 일격필살이었다.

"코어의 힘이란, 정말 무섭군요!"

"그저 제게 주어진 환경 속에서 100% 전력을 다할 뿐입니다. 다른 건 없습니다!"

"동기부여가 확실하게 되는데요? 하하하하!"

"경쟁은 얼마든지 환영합니다!"

전장의 외곽에서는 배수진을 치고 싸우는 이그라드 전사들의 맹공에 스피어러들이 쓰러지고, 전장의 중심에서는 반대로 이그라드 전사들이 쓰러지고 있었다.

그런 가운데 동원과 데이비스의 활약은 단연 돋보이는 것이었다.

두 사람 앞을 가로막는 전사들은 몇 초를 채 견뎌내지 못하고 쓰러졌고, 마법사들의 역장 공격은 두 사람의 재빠른 회피로 인해 번번이 무위로 돌아갔다.

착각일까, 아니면 자신감일까?

동원은 시간이 흐를수록 점점 더 리듬이 붙어가고, 적들의 움직임이 좀 더 예측 가능하게 변해가는 것을 느꼈다.

"음……."

의도된 것일까, 아니면 혼전 중에 생긴 약간의 빈틈인 걸까?

동원과 데이비스는 거의 동시라고 해도 무방할 시점에 메인 홀의 경계가 느슨해진 상태를 확인했다.

정문을 중심으로 주변을 지키고 있던 전사들의 지도자와 전사들은 양옆에서 밀고 들어오는 스피어러들을 상대하는 과정에서 반으로 나누어 싸우다가, 조금씩 뒤로 물러나는 스피어러들에게 붙으면서 주의가 분산되어 있었다.

왼쪽에서는 황찬성, 황찬열이 적극적으로 전투를 주도하며 풀어나갔고, 오른쪽에서는 케인을 위시한 히어로즈의 정예 클랜원들이 맹공을 퍼붓고 있었다.

각 위치에서 벌어지는 전투가 모두 접전이었다.

동원의 동료들은 모두 최전방에서 가장 까다로운 적들을 상대로 혈투를 벌이며, 물러서지 않는 전투를 치르고 있었다.

그런 가운데 동원과 데이비스 두 사람은 정문으로 향하

는 직선 루트가 비어 있는 것을 확인했다.

정문을 통과하고 나면 바로 메인 홀 안으로 들어서게 될 것이고, 그곳에는 메인 코어가 있다.

의도된 함정이라고 하기엔 과정이 자연스러웠다.

이그라드 전사들의 지도자, 즉 리더는 규현과 김혁수, 김윤미의 맹공으로 이쪽으로 시선조차 돌릴 새가 없었다.

육중한 몸과 단단한 외피는 공격을 충분히 받아낼 정도는 되었지만, 반대로 기동력이 떨어져 전세에서 우위를 점하기가 쉽지 않았다.

눈에 보이는 기회.

그래서 더 의심스러운 기회였지만, 두 사람은 망설이기보다는 승부수를 던지기로 했다.

무언의 눈빛 교환.

파앗!

그리고 일순간에 동원과 데이비스가 메인 홀 정문을 향해 전속력으로 질주했다.

그 순간, 아차 싶었던 걸까? 황급히 전사들이 두 사람에게로 방향을 잡았다.

하지만 블랙 헌터와 히어로즈 클랜 소속 동료들의 대응은 빨랐다.

자신들의 리더의 이동 경로를 파악하고는 그대로 집중

공격을 주변에 퍼부었다.

평범한 집중 공격이 아니었다. 얼티밋이 포함된 그야말로 일제 사격이었다.

첫 번째로 쏟아진 것은 이유리의 얼티밋이었다.

화살 '비' 가 공중에서 쉴 새 없이 쏟아져 내렸다.

머리 위에서 수직으로 고속 낙하하는 화살은 속성이 부여된 것은 물론이고, 공중에서 포인트를 잡고 낙하하는 순간 기존에 활시위를 당겼을 때의 추진력이 그대로 적용되어 위력이 엄청났다.

아무리 두꺼운 외피에 전투 복장을 갖췄다고는 하더라도, 중력 가속도에 이유리의 힘이 실려 쏟아지는 화살은 위력이 어마어마했다.

여기저기서 정수리 한가운데를 꿰뚫린 이그라드 전사들이 피를 토하며 쓰러졌다.

깊게 박힌 화살의 상처 위로 뇌수가 철철 분수처럼 쏟아져 나오는 것은 두말할 나위도 없었다.

그 바람에 동원과 데이비스를 쫓으려던 전사들이 대거 죽어 나갔다.

그리고 바로 서희의 얼티밋까지 연계됐다.

"……."

하늘에서 대거 소환되어 떨어지는 운석의 향연을 보며,

타격 범위 안에 있던 전사들은 망연자실한 표정을 지었다.

불길로 가득한 저 거대한 바윗덩어리가 자신들과 충돌했을 때, 그 이후가 어떻게 될지는 불을 보듯 뻔했기 때문이다.

동원과 데이비스는 등 뒤로 쏟아지는 운석들을 보며, 동료들의 발 빠른 지원을 확신했다.

전투를 길게 끌 필요는 없었다.

이곳에 온 목적, 그리고 이그라드가 가진 힘의 근원이기도 한 메인 코어의 탈취.

그것이 처음, 그리고 끝이었다.

제6장
르자크

"……."

"너무 쉽게 풀린다 했지만, 역시 세상에 공짜는 없겠죠."

"어리석은 놈들… 너희들의 욕심은 끝이 없구나……."

메인 홀 안으로 들어서는 순간…

동원과 데이비스는 메인 홀 중앙에 보이는 코어 앞을 지키고 있는 한 남자를 볼 수 있었다.

신체적인 구조만 놓고 보면 밖에서 싸우고 있는 이그라드의 전사들이나, 전사들의 리더와는 달리 인간형에 가까워 보이는 모습이었다.

피부색은 이그라드 특유의 붉은 빛이었지만, 몸이 비대하게 커져 있거나 질긴 외피로 이루어진 개체는 아닌 것처럼 보였다.

동원과 데이비스는 더 이상 대화를 주고받지는 않았지만, 상대가 어떤 존재인지는 어렴풋이 파악할 수 있었다.

[르자크 : BOSS]

두 사람이 왼쪽 손목에 차고 있는 시체 처리 장치, 이른바 스피어 변환 장치의 액정 화면 위로 상대방의 이름이 표시됐다.

동시에 상대가 어떤 존재인지 쉽게 인지할 수 있도록, 직관적인 단어 역시 표시됐다.

르자크, 바로 이자가 이그라드의 여섯 거점 중 한 곳의 리더였던 것이다.

지금 메인 홀 밖에서 스피어러들과 혈전을 벌이고 있는 거구의 전사는 바로 르자크의 부하였다.

르자크의 등 뒤에 있는 메인 코어는 붉은빛을 흘려내고 있었다.

붉은 기운은 불길처럼 공중으로 피어오르기도 하고, 안개처럼 짙게 깔려 내리기도 했다.

그는 메인 코어에서 흘러나오는 기운을 흡수하듯, 등 뒤로 계속해서 메인 코어의 힘이 흘러 들어오고 있었는데 이

것이 전투가 벌어지는 와중에도 르자크가 밖으로 나오지 않고 있었던 이유인 것 같았다.

쉬운 전투가 될 것 같지는 않았다.

메인 코어의 힘을 근원으로 싸우는 개체라면 더더욱 고전이 예상됐다.

꿀꺽.

데이비스가 자신도 모르게 마른침을 꿀꺽 삼켰다. 긴장의 표현이었다.

그리고 말없이 동원을 바라보았다. 동원은 조용히 고개를 끄덕였다.

이제 와서 물러설 수는 없었다.

*　　*　　*

기습 직후.

시간은 30분을 흘렀다.

거점의 소식을 전해 들은 주변 거점에서 파견한 지원군들이 속도를 높이고 있었고, 이미 중반부를 지나 빠르게 접근해 오고 있었다.

웨이브는 마지막 단계에 접어들었다.

전진 기지에서 방어에 성공한 국가, 그리고 클랜의 포탈 너머의 세계에서는 아무 일도 일어나지 않았지만, 이번 일로 가장 피해가 컸던 중국과 일본의 시가지는 그야말로 쑥대밭이 되듯 했다.

변이체들을 처리하는 과정에서 가장 치명적인 것은 스피어러가 아니면, 변이체들을 제압하는 것이 매우 어렵다는 점이었다.

제아무리 중화기를 갖춘 군인들이어도 총탄 공격은 변이체들에게는 그저 생채기를 내는 정도에 불과했다.

전진 기지에 주둔하고 있던 정예 스피어러들이 초토화되면서 무너진 탓에 포탈 너머에 주둔하고 있던 D~E 랭크의 스피어러들은 변이체들의 공격에 추풍낙엽처럼 쓰러져 갔다.

뒤늦게 각지에서 스피어러들이 변이체들에게 잠식당한 포탈을 향해 집결하기 시작했지만, 그들이 도착했을 때는 이미 엄청난 피해를 보고 난 후였다.

반면 대한민국은 조용했다.

블랙 헌터의 리더 동원이 브리그 족과 일찌감치 구축해 놓은 상생관계와 거듭 강조해 왔던 전진 기지의 중요성에 대해, 다른 클랜들이 귀를 기울여 왔던 덕분이었다.

몇몇 전진 기지는 작전상 후퇴를 고려해 봐야 할 정도로 전진 기지가 거의 무너지다시피 했지만, 브리그 족의 지원과 목숨을 걸고 막아낸 스피어러들의 분전 덕분에 수성에 성공할 수 있었다.

그래서 대한민국의 포탈은 그 어디에서도 변이체들이 나타나지 않았다.

덕분에 만약을 위해 포탈 주변에 배치되어 있던 군인들도 안도의 한숨을 내쉴 수 있었다.

전투가 벌어지면, 스피어러들은 몰라도 군인들은 거의 총알받이 신세가 될 공산이 컸기 때문이다.

그래도 시간을 끌기 위해, 어쩔 수 없이 목숨을 버려야 하는 것이 군인의 숙명이기도 했다.

중간중간 보고를 위해 넘어온 스피어러들을 통해, 포탈 너머의 전황에 대해 전해 들은 언론에서는 대한민국 스피어러들의 활약상을 보도하며 보도의 포인트를 해외로 돌렸다.

그리고 머지않은 곳에서 이미 큰 문제가 되고 있는 두 나라를 발견, 그들의 소식을 전하는 데 주력하기 시작했다.

사람들은 숨을 죽이고 이번 웨이브를 스피어러들이 성공적으로 막아내길 기도했다.

아울러 얼마 뒤, 포탈을 넘어와 모습을 드러내게 될 존재들이 변이체가 아닌 스피어러들이길 간절히 바랐다.

*　*　*

"크윽, 빌어먹을……."

같은 시각.

르자크와 수십 차례 교전을 주고받은 동원과 데이비스의 얼굴은 잔뜩 상기되어 있었다.

그중에서 상태가 좋지 않은 것은 데이비스였다.

그의 왼팔에 난 깊은 상처에서는 붉은 피가 쉴 새 없이 쏟아져 내리고 있었던 것이다.

얼굴에서 드러나는 혈색의 변화가 확연하게 느껴질 정도였다.

"젠장."

검을 움켜쥔 데이비스의 손이 부르르 떨렸다.

출혈로 인해 힘을 강하게 줄 수 없는 왼팔의 전투력은 크게 떨어져 있었다.

데이비스는 힘겹게 오른손으로 검을 들고 있었지만, 균형이 맞지 않았다.

이대로는 르자크를 상대로 싸운다고 한들, 빈틈을 너무 많이 노출할 공산이 컸다.

전투가 데이비스의 부상으로 마냥 손해만 본 것은 아니었다.

두 사람은 힘을 합쳐 르자크와 싸웠고, 그 과정에서 르자크의 강점과 약점을 알아내는 데 성공했다.

강점은 코어의 힘을 공급받고 있다는 점이었다.

르자크는 지칠 줄을 몰랐다. 끊임없이 빠르게 움직였으며, 양팔을 이용한 육탄 공격과 마법과 유사한 정신 공격을 끊임없이 퍼부었다.

다행히 동원이나 데이비스 모두 스피어러로서는 상당한 경지에 올라 있었고, 르자크의 정신 공격으로 인해 약간의 교란을 받기는 했지만 위험에 빠지거나 정신의 통제권을 넘겨주는 일은 없었다.

문제는 육탄 공격의 속도였다.

르자크의 양팔에는 코어에서 흘러나오는 기운이 계속해서 밀려들어와 응축된 상태로 있었는데, 그 기운이 거대한 건틀릿의 역할을 해서 상당한 충격량을 더했다.

거기에 공격 속도까지 빠르니 충격이 더했다.

이미 한 차례 코어를 획득하여 신체 능력이 급상승한 동원도 흐름을 이따금씩 놓칠 때가 있을 만큼 무서운 속도였다.

동원이 이 정도였으니 데이비스로서는 고전하는 것이 당연했다.

결국 왼팔에 부상을 입었고, 동원은 데이비스로 하여금

뒤로 물러서게 했다.

지금 데이비스가 괜한 호기라도 부리다가 목숨을 잃는다면, 스피어러 전체로 봐도 큰 손해였다.

물론 약점도 있었다.

강점이 코어였다면, 약점도 코어였다.

르자크와 교전을 벌이던 과정에서 르자크가 코어에서 일정 거리 이상으로 떨어져 나온 상태에서 교전을 벌인 적이 있었는데, 순간적으로 코어에서 흡수하는 힘의 양이 급격하게 줄어들자 르자크의 건틀릿이 가하는 충격량도 급격히 줄어들었다.

르자크는 강했다. 하지만 조건부였다.

코어를 벗어날 수 없는 존재인 것이다.

그렇기 때문에 코어 밖에서 펼쳐지고 있는 전투에 참여할 수는 없었지만, 코어 근처에 있다면 최상의 힘을 발휘할 수 있는 존재였다.

즉, 코어를 취하러 온 동원과 데이비스의 입장에서는 르자크를 쓰러뜨리지 않고서는 코어를 취할 수 없었다.

"제가 입구 쪽을 맡도록 하지요. 하아, 이거 경쟁은커녕 짐이 되어버렸군요."

"그런 말씀 하실 것 없습니다. 저보다 더 적극적으로 싸워주신 덕분입니다. 오히려 죄송스러울 따름입니다."

"후후, 정말 겸손하시군요. 자, 이제는 동원 씨에게 주사위가 넘어갔습니다. 어떻게 던질지도 동원 씨의 몫이 될 겁니다."

데이비스는 확실하게 뒤로 물러섰다.

그리고 입구 근처에 자리를 잡았다. 비록 왼팔에 부상을 입기는 했지만 보유하고 있는 회복 포션을 이용해 체력의 소모량을 채울 수 있을 정도는 됐다.

하지만 회복 포션이 부상 부위를 말끔하게 치료할 수 있는 것은 아니어서, 데이비스는 옷가지를 찢어 자신의 팔을 묶어 지혈을 하고는 물러났다.

자신의 상태는 데이비스 본인이 더 잘 알았다.

이대로 르자크를 상대해서는 버텨 낼 수 없다는 것을 앞서의 교전에서 직접 깨달았던 것이다.

그래서 미련 없이 물러섰고, 동원이 마음 놓고 전투에 집중할 수 있도록 후방을 봐줄 생각이었다.

메인 홀 밖으로 보이는 광경은 여전히 격전이었다.

"하아아앗!"

그러는 사이 동원이 르자크에게 달려들었다.

난타전을 거듭하는 과정에서 동원의 체력은 절반 이하로 떨어져 있었고, 덕분에 패시브가 발동되어 공격 속도는 평소보다 훨씬 빨랐다.

본인은 느끼지 못하겠지만, 제3자인 데이비스가 보는 입장에서 동원은 이미 인체의 한계를 뛰어넘었다고 할 수 있을 만큼 빨랐다.

점과 점의 어지러운 교차가 계속해서 이어졌다.

르자크는 코어와 거리를 유지하며 동원의 공격을 막았고, 빈틈을 노려 반격했다.

동원 역시 르자크의 공격을 받아내면서 계속해서 연타를 퍼부었다.

아수라의 증오는 계속해서 중첩되고 있었다.

중간에 한 번 7단계에서 중첩이 이상하리만치 안 된 탓에 리셋이 되어버린 이후, 다시 올린 중첩의 단계는 9단계에 접어들고 있었다.

동원은 카운터를 제외한 기술을 최대한 아꼈다. 노림수가 있었기 때문이다.

코어의 힘은 무한하고, 르자크가 코어와 연계가 계속되고 있는 한 전황을 한 번에 뒤집는 것은 힘들었다.

시간이 끌리면 끌릴수록 불리한 것은 스피어러들이다. 지원군이 오고 있기 때문이다.

파파팟! 팟! 팟! 팟!

계속 섬광이 번쩍였다.

동원의 건틀릿과 르자크의 코어 건틀릿이 충돌하면서 만

들어내는 충격파는 메인 홀을 온통 광풍으로 가득 채웠다.

서로에게 치명타가 될 수 있는 유효타는 나오지 않았지만, 그야말로 백중세였다.

우열을 가릴 수 없는 가운데, 동원이 기다리고 있었던 아수라의 분노가 발동됐다.

그 순간, 동원이 디펜시브를 전개했고, 이어서 파워 웨이브로 르자크를 강타했다.

물론 이 정도는 앞서의 교전에서도 충분히 막아왔던 르자크였다.

하지만 아직 동원의 얼티밋과 2차 얼티밋은 상대해 보지 않은 르자크였다.

그리고 동원 역시 코어의 힘을 얻은 이후, 두 기술을 확실하게 사용해 본 적은 없었다.

"죽여주마!"

르자크의 외침이 동원의 귓전을 강하게 때렸다.

이제는 익숙해진 이그라드의 언어.

동원은 르자크의 주먹이 최대한 가까이 오기를 기다렸다.

후웅!

그리고 간발의 차로 동원의 얼굴 옆을 스치며 르자크의 주먹이 지나갔다.

코어의 기운 때문인지 약간 흘러나온 코어의 기운이 동원의 얼굴을 스쳤다.

그러자 날카로운 바늘에 찔린 것처럼 한 방울의 피가 볼 끝을 타고 허공에 흩뿌려졌다.

조금만 덜 피했더라면, 볼 한쪽이 날아갔을 수도 있는 매서운 일격이었다.

카운터는 발동됐다.

동원은 바로 파워 차징을 했고, 그대로 르자크를 향해 1차 얼티밋인 피니시를 전개했다.

"하아아아압!"

의지의 표현일까? 동원 자신도 모르게 강한 기합이 들어가며, 힘이 가득 실린 라이트 펀치가 그대로 르자크를 향해 날아갔다.

그 순간, 자신을 보던 르자크의 표정에서도 변화가 일었다.

자신의 예상보다 더 빠르게, 그리고 엄청난 위력을 가진 펀치가 순식간에 쇄도해 들어오고 있었기 때문이다.

자신만큼이나 동원의 공격 속도는 빨랐고, 여기에 패시브 효과가 추가되면서 르자크는 피할 수 없는 공격이 되어버렸다.

뻐엉!

르자크는 지금까지 치러왔던 전투 중에서 손에 꼽을 정도로 자신에게 엄청난 충격이 가해진 일격을 맞았다.

동시에 동원은 바로 쉐도우 카운터까지 활성화시켰다.

동원의 움직임에는 거침이 없었다.

동원은 피니시에 맞아 나가떨어지는 르자크에게 바로 달려들었다.

아주 잠깐의 흔들림이었지만 동원은 바로 르자크의 빈틈을 캐치했고, 동원은 바로 르자크의 멱살을 움켜쥐었다.

"컥!"

순간 목을 부러뜨릴 정도로 강력한 악력을 가진 동원의 손길이 느껴지자, 시종일관 당황한 기색을 보이지 않던 르자크의 표정에 다시금 변화가 생겼다.

쉐도우 카운터는 단순한 잔상이 아니었다.

동원의 랭크 단계에 맞게 잔상의 공격력이 증가하기 때문에 공격력이 더해지는 것과 같았다.

르자크는 방금 전과 다르게 더욱 강해진 동원의 힘을 느끼고는 두 눈을 크게 부릅떴다.

"하아압!"

동원이 일갈하며 그대로 르자크를 바깥으로 끌어냈다.

르자크가 순간 몸을 뒤로 움직이며 버텨내려 했지만, 동원의 힘이 더 강력했다.

그리고 한 번 무너진 르자크의 몸의 중심은 쉽게 회복되지 않았다.

그러자 코어와 연계되어 있던 기운의 공급이 급격하게 떨어졌다.

르자크의 몸 전체를 감싸고 있던 붉은 기운이 일거에 걷혀졌고, 르자크의 얼굴에는 정말로 당황한 기색이 그대로 돌았다.

동원의 힘이 자신이 상상한 그 이상으로 순식간에 강해진 것이다.

스피어러들의 거점 침입 이후 보고받은 사실 중에는 동원에 대한 것도 있었고, 동원이 접근전을 즐기며 다양한 카운터성 공격을 하는 것은 알았지만 얼티밋에 대해서는 알지 못했던 것이었다.

동원은 잠깐의 틈도 주지 않고 바로 르자크에게로 달려들었다.

코어로부터 안정적인 힘의 공급이 끊긴 지금 이 시점이 최고의 기회였다.

"어림없다!"

르자크가 기운을 최대한 끌어올리며 바로 몸을 일으켰다. 코어에서 받던 에너지는 끊겼지만, 체내에 보유하고 있던 힘은 그대로였다. 전력을 다할 수 있는 힘은 충분했다.

하지만 이상했다.

다시 코어 방향으로 이동하기 위해 전력을 끌어올린 자신을 보며 동원은 의미를 알 수 없는 미소를 짓고 있었다.

마치 기다리고 있었다는 듯한 표정이었다.

"……."

내가 어떤 실수를 한 것일까. 르자크는 짧은 시간에 그런 생각을 했다.

그리고 자신을 향해 달려들고 있는 동원을 향해 자연스럽게 반격을 가했다.

여기서 동원을 밀쳐내고 다시 코어 근처로 이동한다면, 어차피 제자리였다.

시간을 끌수록 저놈들은 불리해진다. 지원군은 오고 있고, 시간은 우리의 편이다.

르자크는 어떤 부분을 생각해도 자신에게 불리할 게 없다고 여겼다.

동원의 저런 표정과 행동은 허세에 불과할 뿐이라 생각한 것이다.

후우웅!

기세 좋게 르자크가 주먹을 뻗었다.

그 순간, 르자크는 동원의 표정에서 드러난 자신감의 이유를 알게 됐다.

빠직!

"……!"

동원의 건틀릿 끝에서 강렬한 힘이 느껴졌다.

그리고 방금 전, 동원의 일격으로 큰 타격을 입었던 그때와 똑같은 생각이 머릿속을 주마등처럼 스치고 지나갔다.

"설마……."

빠어어억!

"으컥!"

르자크의 말은 그 이상으로 이어지지 못했다. 동원이 다시 한 번 얼티밋 피니시를 전개한 것이다.

직전의 얼티밋은 막아낸 덕분에 큰 피해가 없었지만, 이번에는 아니었다.

르자크는 동원에게 기술 초기화 같은 것이 있으리라고는 생각지도 못했다.

스피어러들이 각기 얼티밋이라 불리는 소위 '일격필살'을 가지고 있는 것도 알았고, 그 횟수가 한정적이라는 것도 알았다.

하지만 동원처럼 재차 바로 얼티밋을 전개할 수 있는 경우가 있다는 것까지는 알지 못했다.

콰앙!

피할 새도 없이 카운터, 파워 웨이브가 가진 모든 데미지까지 한데 뭉쳐 들어오자, 르자크도 타격을 당한 얼굴 그대로 모든 데미지를 받아낼 수밖에 없었다.

이것은 치명적인 일격이었다.

반격을 위해 무게중심을 앞으로 옮겼다가, 그대로 얼굴에 카운터펀치를 얻어맞은 르자크는 메인 홀 중앙 지면에 그대로 내리꽂혔다.

시멘트와 유사한 것으로 이루어진 지면이 움푹 파일 정도의 강력한 일격이었다.

"으큭……."

신음을 토해낼 틈도 없었다.

동원은 미련 없이 쉐도우 카운터까지 전개했다.

끝을 볼 때는 확실하게 봐야 했다.

안배? 필요 없었다. 르자크가 무너지면 끝이다.

이 거점의 존재의 이유이자 가치인 코어를 손에 넣을 수 있는 것이다.

데이비스는 동원의 맹공을 두 눈으로 지켜보며 탄성만을 흘리고 있었다.

그에게는 혹시나 마음만 먹으면 틈을 노려 자신의 것으로 취할 수도 있을 코어에 대한 관심은 없었다.

그는 깨끗하게 상황을 인정했다.

자신은 르자크에게 당했고, 오히려 동원이 추가로 이어

질 수도 있었던 르자크의 공격을 막아줌으로써 안전할 수 있었다.

남은 것은 모두 동원의 몫이었다.

그에 따르는 대가와 보상도 당연히 그의 것이다.

"하아아아압!"

동원의 일갈이 터져 나오고.

얼마 뒤.

메인 홀 밖에서 열심히 싸우던 스피어러들이 일제히 시선을 돌릴 정도로 강력한 충격파가 메인 홀에서 밖으로 원형을 그리며 터져 나왔다.

그 순간, 스피어러들과 격전을 치르던 이그라드 전사들의 눈빛도 변했다.

방금 전까지 투지와 열의를 불태우며 싸우던 그들의 눈빛에… 흔들림이 생겨났다.

그들의 리더.

이 거점의 주인이었던 보스 르자크가 쓰러진 것이다.

제7장

트윈 코어(Twin Core)

"하하하하하하!"

시원한 웃음이 메인 홀 안에서 터져 나왔다.

웃는 목소리의 주인은 데이비스였다.

르자크가 쓰러지자 거점을 지키던 이그라드의 전사들이 썰물처럼 빠져나가기 시작했다.

물론 뒤도 안 돌아보고 도망치는 것은 아니어서, 추격하려는 스피어러들을 상대하기는 했다.

하지만 그들은 이미 더 이상 싸울 필요가 없다고 판단했는지, 전투를 최소화하며 뒤로 빠지더니 이내 거점을 포기

하고는 다른 곳으로 떠나버렸다.

전사들이 이곳을 지킨 이유는 메인 코어가 있고, 르자크가 메인 코어의 힘을 손에 쥐고 있기 때문이었다.

그가 있다면 거점에 박혀 있는 메인 코어는 꾸준히 변이체들을 양성할 것이고, 공격에 필요한 전초기지가 될 터.

하지만 르자크가 죽은 마당에 거점을 지키는 것은 무의미했다.

"리더, 성공한 겁니까?"

"오빠!"

반가운 목소리가 동원의 귓가를 파고들었다.

동원의 몸 전체에서는 붉은 기운이 일고 있었다.

마치 붉은색 오라를 뒤집어쓰고 있는 것처럼, 다른 스피어러들과는 다른 기운이 동원에게서 느껴졌다.

머리부터 발끝까지 달라진 자신이 확실하게 체감됐다.

첫 번째로 메인 코어의 힘을 얻었을 때보다도 비약적으로 상승된 게 느껴졌다.

이것은 인간이라는 이름으로 담을 수 있는 그릇의 힘이 아니었다.

만약 이 스피어라는 시스템을 구축하고, 빼앗긴 브리그의 코어가 스피어러들에게 흡수될 수 있도록 만들어 놓은 '로드'의 안배가 없었더라면 감히 얻을 욕심조차 내지 못했을 그런 힘이었다.

"손에 넣었군."

동료들의 뒤를 이어 안으로 달려온 것은 에제르와 아소그였다.

내심 자신들과 연이 깊은 동원이 메인 코어의 힘을 획득하길 기대했던 에제르와 아소그는 동원의 변화된 모습을 보고는 흡족하게 고개를 끄덕였다.

어느새 옆에 자리를 잡은 케인도 환한 표정으로 웃고 있었다.

선수비, 그리고 후역습.

이그라드의 허를 찌른 스피어러-브리그 연합군의 역습은 성공했다.

두 번째 코어가 있던 거점에 주둔하고 있던 이그라드의 전사들은 큰 피해를 입고 물러났고, 동원은 두 번째 힘을 손에 넣었다.

치열한 전투 끝에 얻어낸 눈부신 성과였다.

이미 전투가 끝났기 때문일까?

이쪽으로 향하던 이그라드의 전력들도 다시 발길을 돌려 자신들의 거점으로 돌아갔다.

한편, 동원과 데이비스 쪽이 아닌 다른 방면으로 향했던 또 다른 스피어러—브리그 연합군은 거센 반발에 밀려 전선을 뒤로 물리고 말았다.

하지만 전투가 끝난 것은 아니어서 공방전이 계속되고 있었다.

이그라드의 지원군도 그쪽으로 향하기 시작했고, 웨이브 방어에 성공한 다른 스피어러 클랜들이 합세하면서 새로운 전선이 구축되기 시작했다.

두 번째 거점을 점령하는 데 성공한 스피어러들은 전투가 일단락되었다고 생각했다.

약간의 휴식을 취한 뒤 지원을 가거나, 혹은 전황에 맞게 후퇴 혹은 주둔 상태를 유지하면 될 것이라 여겼다.

한데 승전의 기쁨, 그리고 코어로 인한 변화를 완벽하게 파악하기도 전에 동원의 연합군이 있는 쪽으로 장로 세비오르를 비롯한 다수의 고위급 브리그 족들이 한 번에 찾아왔다.

새로운 전황이 펼쳐지려 하고 있었다.

* * *

"알베르 대장로님, 트윈 코어에 대해 좀 더 자세히 알려주십시오."

“말 그대로네. 지금까지 자네가 얻은 힘은 단일 개체로서의 코어를 얻은 것이지만, 지금 언급한 것은 두 개의 코어가 함께 자리하고 있는 것이네. 그래서 힘이 더욱 폭발적이고, 이것이야말로 가장 큰 위협거리라고 할 수 있지.”

“그동안 상대했던 가장 껄끄럽고 강력했던 변이체들의 시작점인 것입니까?”

“그렇다고 할 수 있네. 트윈 코어가 건재하다면, 우린 여전히 불리할 수밖에 없는 상황이지. 그 힘을 와해시켜야 지금의 국면을 열세에서 호각세로 바꿀 수 있는 것이네.”

메인 홀 안에는 동원을 포함한 블랙 헌터 클랜의 간부들과 데이비스를 포함한 히어로즈 클랜의 간부, 그리고 이번 연합체에 합류한 다른 클랜의 중요 간부들과 브리그의 고위 관계자들이 모두 모여 있었다.

대부분이 착석해서 이야기를 듣고 있었고, 동원과 데이비스 그리고 장로들의 리더인 대장로 알베르와 이야기의 보조 진행을 돕기 위해 나온 에제르만이 서서 대화를 진행 중에 있었다.

장로 세비오르도 알베르 앞에서는 수많은 장로 중 하나일 뿐이었다.

그래서 세비오르는 대화에 참여하지 않았다.

대신 장로들과 메인 홀 밖으로 나가 정신을 집중하며, 계속해서 무언가를 탐지하는 데 집중하는 모습이었다.

“우리는 계속 전황을 지켜보았네. 스피어러들을 믿지 못해서가 아니라 최적의 시점을 우리 장로들 모두가 만장일치로 판단할 때 움직이기로 했기 때문이었네. 그리고… 그 시기가 바로 지금이네. 이그라드가 대규모 웨이브로 변이체들을 소진하고, 거점을 역습당해 구멍이 뚫려 버린 지금, 그리고 다른 곳에서 치열한 공방전이 펼쳐지면서 병력이 불균형하게 분산되어 있는 바로 지금! 지금이 놈들에게 역습을 가할 수 있는 최고의 시기라 판단한 것이네.”

알베르의 목소리에는 힘이 잔뜩 실려 있었다.

알베르가 말하는 트윈 코어는 지금 동원의 연합군이 주둔하고 있는 위치로부터 50㎞ 정도 북쪽에 위치한 산맥 내부에 있었다.

지로드 산맥이라는 이름을 가지고 있는 이곳은 산맥 전체가 하나의 요새나 다름이 없었다.

워낙 길이 험한 데다 트윈 코어의 힘으로 지금처럼 한 차례 웨이브를 쏟아내고 난 이후에도 비록 수가 적기는 하지만 계속해서 변이체들을 양산해 낼 수 있었다.

게다가 일반 거점에서는 코어의 ‘버프’를 받을 수 없는 이그라드의 전사들도 트윈 코어가 있는 지로드 산맥에서는 신체 능력이 강화되는 간접적인 버프를 얻을 수 있었다.

괜히 까다로운 곳이 아닌 것이다.

"에제르."

"옛."

알베르의 말에 에제르가 정신을 집중하자, 허공에 선명한 홀로그램 화면이 생성됐다.

보이는 것은 지로드 산맥의 입체 화면이었다.

모든 스피어러들과 브리그 족의 시선이 집중됐다. 동원 역시 마찬가지였다.

"지로드 산맥에서 트윈 코어는 바로 이 위치에 있어. 여기까지 가야 트윈 코어의 힘을 취할 수 있네."

알베르가 홀로그램 화면에 손을 갖다대더니 위치를 쭉 뒤로 끌었다.

산맥의 중심으로 화면이 이동하자, 그제야 에메랄드빛을 내는 트윈 코어의 위치가 표시됐다.

다시 한 번 알베르가 손짓을 하자, 지로드 산맥을 상공에서 내려다보는 형태로 화면이 만들어졌다.

알베르는 입구에서부터 트윈 코어가 위치한 중심점까지 손가락으로 일직선을 쭉 그었다.

"들어가는 방향과 나오는 방향이 같네. 지로드 산맥은 들어가고 나오는 길이 하나뿐이야. 이 길을 제외한 다른 루트로는 깎아지른 절벽들이 많아 몸을 부양시킬 수 있는 장치가 없다면 절대 접근할 수 없네. 우리 종족이 구사할 수 있는 순간 이동 능력으로도 이런 수직 거리 이동은 불가능하지."

알베르가 계속해서 포인트를 찍어 보여주는 지로드 산맥의 다른 광경들은 말 그대로 낭떠러지였다.

이건 아무리 도약 능력이 좋은 스피어러라고 해도 '훌쩍 뛰어넘을 수 있는' 수준이 아니었다.

"대장로님, 실례가 되지 않는다면 제가 질문을 드려도 되겠습니까?"

데이비스가 말을 꺼내려는 찰나, 동원이 반박자 빠르게 말을 꺼냈다.

데이비스는 그 순간 예상했다. 동원이 자신과 똑같은 생각을 했을 거라 여긴 것이다.

그는 자신과 같은 리더답게 알베르의 말에서 가장 궁금하면서도 민감할 수밖에 없는 포인트를 잘 알고 있었다.

"얼마든지 하게, 얼마든지."

알베르가 다소 누그러진 말투로 답했다.

설명하는 가운데 목소리가 점점 딱딱해지고 차가워진 것을 느꼈는지 한결 나아진 목소리였다.

"전략적으로 중요한 거점이라면 바보가 아닌 이상 이 길목을 지키고 있는 전력들이 있을 것입니다. 트윈 코어가 있는 중심지로 이어지는 산맥의 거대한 대로가 있고, 마치 양쪽으로 십자가 형태의 가지를 친 것처럼 수십 개의 길이 존재합니다. 만약에 중심로를 지키고 있는 전력을 빠르게 무너뜨렸다고 하더라도, 이 갈래 길을 통해서 모여들기 시작하면 경우에 따라서는 퇴로가 막힐 우려가 있습니다. 어지간한 전력으로 정면 돌파가 쉽지 않을 텐데, 그 와중에 퇴로까지 막히면 위험하지 않겠습니까?"

동원의 질문에 스피어러들이 고개를 끄덕였다.

반면 브리그 족의 전사들은 알베르의 다음 대답이 예상이 되는 듯, 별다른 표정의 변화가 없었다.

알아서 대장로인 그가 설명을 해줄 것이라 생각하고는 그의 입을 바라보는 모습이었다.

"말보다는 영상으로 설명하는 게 나을 것 같은데. 괜찮겠는가?"

"괜찮습니다."

알베르가 눈짓을 하자, 자연스럽게 홀로그램 화면이 더욱 확대됐다.

그리고 알베르가 눈을 감고 정신을 집중하자, 가상으로 전개된 화면이 빠르게 영상처럼 흘러가기 시작했다.

모든 시선이 집중됐다.

영상 속에서 스피어러와 브리그 족으로 이루어진 연합군

은 지로드 산맥 초입에서 버티고 있는 수비 병력을 격파하고 바로 산맥 안으로 질주하기 시작했다.

그 순간, 중심 루트가 아닌 갈림길 끝에 분산 배치되어 있는 이그라드의 전사들이 움직이기 시작한다.

붉은색으로 표시된 이그라드의 전사들은 중심 루트로 이동하고 있다.

그러는 사이, 연합군이 중심 루트를 지키고 있는 이그라드의 방어선을 격파하며 계속해서 정면으로 질주한다.

그 과정에서 각 길목마다 일정 수의 브리그 족과 스피어러들이 떨어져 나왔고, 그들은 더 이상 전진하지 않고 그 자리에 남아 양옆에서 중심 루트로 달려오는 이그라드 족을 상대했다.

"아……."

그제야 내용을 이해한 동원과 데이비스, 그리고 스피어러들이 고개를 끄덕였다.

이것은 역습과는 또 다른 개념의 속도전이었다.

고개를 끄덕이는 와중에도 영상은 계속해서 재생됐다.

상당한 규모였던 연합군은 점점 안으로 들어가면 들어갈수록 그 수가 줄어들었고, 교차로에서는 연합군과 이그라드 족이 한데 뒤엉켜 혈투를 벌였다.

이윽고 최종 위치에 도달한 몇 안 되는 스피어러와 브리그 족이 물음표로 표시된 누군가를 상대하는 그림이 나왔다.

르자크처럼 코어를 지키는 보스 격의 인물일 터. 하지만 그에 대한 정보가 없어 미상 처리가 된 것 같았다.

"트윈 코어는 이그라드 족이나 스피어러들에게는 도움이 될 수 있는 힘이지만, 우리에게는 그저 변질된 옛 힘의 근원에 불과하네. 그래서 우리는 이 지점 이상으로는 전진할 수 없어. 여기까지를 수성할 수 있도록 전력을 기울일 것이네. 그 이상을 움직이게 되면, 코어의 간섭으로 인해 역으로 우리의 정신계가 무너지고 마네."

"대장로님도 마찬가지인 겁니까?"

"더 깊고 오래된 영적 능력을 가질수록 그러하다네."

"……."

동원이 메인 홀 밖을 바라보았다.

전장 여기저기에는 지칠 대로 지친 스피어러들이 진흙탕이든, 차가운 바닥이든 관계없이 누워 있었다.

그들의 이마에 흐르는 땀, 뱉어내는 뜨거운 숨결에는 지친 기색이 역력했다.

모두가 지친 지금이지만… 쉴 수 없는 시간인 것이다.

각 클랜의 리더들은 자신들을 따르는 스피어러들과 빠르

게 대화를 나누기 시작했다.

이번 전투까지지는 어떻게든 죽을힘을 다해 싸웠다고 하더라도, 다음 전투는 정말 목숨을 걸어도 될까 말까 한 전투였다.

무모한 전투가 될 수도 있었다.

하지만 동원은 알베르가 말한 일련의 이야기들을 적극적으로 공감하고 있었다.

몰아붙일 수 있을 때 더욱 몰아붙여야 했다.

하물며 그것이 이그라드가 가진 힘의 근원, 코어에 관한 것이라면 더더욱 그러했다.

각 클랜의 리더와 간부들이 분주하게 움직이며, 휴식을 취하고 있는 스피어러들에게 자세하게 상황을 설명하고 이후의 방향에 대하여 이야기를 하는 동안 동원은 알베르로부터 좀 더 심도 있는 이야기를 전해 들었다.

"트윈 코어를 얻어야만 하는 이유는 하나 더 있어. 자네가 두 개의 코어를 손에 넣었으니… 이제 여기서 다른 스피어러들이 힘을 손에 넣을 필요도, 그럴 이유도 없겠지. 트윈 코어의 힘을 찾는다면, 그것은 온전히 동원 자네의 것이 되어야 해."

"알고 있습니다."

동원이 고개를 끄덕였다.

힘을 독식하고 싶어서가 아니었다.

동원이 두 개의 힘을 손에 넣은 이상, 동원에게 몰아주는 것이 훨씬 더 효율이 좋기 때문이다.

"그리고 트윈 코어의 힘을 얻는다면 우리는 이그라드에게 가장 큰 강제를 할 수 있게 돼."

"무엇입니까?"

"놈들도 선택을 해야 하네. 네 개의 코어를 손에 넣은 스피어러라면 자그네트도 평범한 힘으로는 상대할 수 없어. 자신이 지키고 있는 코어와 나머지 두 개의 코어의 힘을 얻어야, 세 개로 비로소 비슷한 위치에 이를 수 있게 되지. 즉, 그렇게 되면 변이체 생산은 더 이상 불가능해지네. 우리 브리그와 자네들의 지구를 끊임없이 괴롭혔던 근본적인 원인 중 하나가 사라지게 되는 셈이야."

그 순간 동원의 두 눈이 매섭게 빛났다.

이것은 그 어떤 것과도 비교할 수 없는 확실한 동기 부여였다.

변이체들이 사라진다는 것. 그것은 지구에 가져올 수 있는 평화를 뜻했다.

설령 스피어러들은 이곳에서 여전히 고군분투하며 피를 흘리고 싸워야 할지라도, 적어도 변이체들이 언제 나타날지 몰라 전전긍긍해야 했던 민간인들에게는 희소식이 될 이야기였다.

물론 변이체들이 전부가 아닌 이그라드 종족이다. 변이체와는 비교도 되지 않을 능력을 가진 존재들이 많은 그들이었지만, 스피어러-브리그 연합군이 맹공을 퍼붓고 있는 지금 지구까지 신경 쓸 여력은 없을 것이다.

"하지만 지로드 산맥에서의 전투는 이번 전투와는 비교도 안 될 정도로 많은 희생자를 내게 될지도 모릅니다. 저는 참여할 것입니다. 하지만 참여할 수 없는 스피어러들까지 끌어들이고 싶지는 않습니다. 설령 그것이 이기적으로 비칠지라도요."

"후후, 이 모든 문제의 근원과 원죄(原罪)는 우리 브리그족에게 있다네. 그대들의 선택은 어떤 형태이건 간에 존중받아 마땅하지. 그대들의 결정을 탓할 생각은 없네. 단, 우리는 지금이 최적의 기회라고 판단했고, 그 제안을 자네들에게 하고 있는 것이지."

알베르의 말은 단호한 듯하면서도 미안함이 섞인 구석이 있었다.

결국 이 모든 과정에는 피가 필요했다.

그것이 브리그의 것이든, 이그라드의 것이든, 스피어러들의 것이든 간에. 혈투가 될 가능성은 매우 컸다.

"결정은 빠를수록 좋겠죠. 당연히 그래야 할 겁니다."

“어떻게든 결론을 내주길 바라네. 시간은 알다시피 우리에게 불리해. 물론 여기서 한 걸음 물러서서 휴식을 취하는 게 목적이라면 그렇지 않겠지만.”

“아니요. 그럴 생각은 없습니다.”

동원은 강하게 고개를 저었다.

자신이 생각할 때도 승부의 시기는 지금이었다.

밀어붙일 때 확실하게 밀어붙여야 했다.

적들이 가장 약해져 있는 지금과 같은 기회는 다시는 오지 않을지도 모른다.

이그라드의 존재들이 바보가 아닌 이상, 같은 실수를 반복할 리는 없을 테니까.

거점 하나를 잃은 시점에서 다음 타깃이 될 만한 곳의 방비를 허투루 할 리도 없는 것이다.

“그럼…….”

동원이 멀지 않은 곳에서 대화를 나누고 있는 블랙 헌터의 간부들에게로 향했다.

이미 그사이 대다수 스피어러의 의견이 수합된 모양인지, 어수선했던 분위기가 많이 정돈된 모습이었다.

제8장

거침없는 전진

"부상이나 급격한 체력 저하로 인한 피치 못할 사유로 빠지는 인원 1할을 제외한 나머지 9할은 그대로 유지가 될 것 같아요. 다른 쪽도 마찬가지인 것 같구요."

"고생했어요, 서희 씨."

"아니에요. 지금과 같은 기회는 다시는 오지 않을 거예요. 다시 오지 않을 기회라면, 반드시 잡아야죠. 놓치는 건 매우 어리석은 일이에요."

"이런 건 못 먹어도 고 하는 겁니다. 어차피 다들 죽을 각오로 여기 온 거 아닙니까? 까짓것 좀 더 위험해진다고 해서 겁먹을 것도 없습니다."

서희와 동원의 대화에 규현이 맞장구를 치며 대화를 이었다.

규현은 전투를 계속해서 치르며 상당히 지친 듯한 모습이었지만, 얼굴의 생기는 여전했다.

오히려 그가 쥐고 있는 검끝에서는 매서운 살기가 묻어났다.

동원이 장기 임대라는 명목하에 규현에게 빌려주었던 이 검은 로즈마리 클랜의 리더였던 이세경의 검이었다.

그 뒤로도 규현은 이 검을 요긴하게 쓰며, 상황에 맞게 인챈트를 하여 애지중지하며 쓰고 있었다.

이 검을 볼 때마다 동원은 늘 뿌듯함을 느꼈고, 규현은 동원에게 늘 고마운 마음을 가졌다.

당시 2,000스피어라는 엄청난 고가에 해당했던 이 검은 빌려준다는 말 따위로 쉽게 내어 줄 수 있었던 검은 절대 아니었기 때문이다.

"오빠, 땀이 식기 전에 움직이는 게 좋겠어요. 우린 그게 익숙한 사람들이잖아요?"

이유리가 환한 미소를 지어 보이며 말했다.

여기 있는 모두가 분명 체력적으로 지친 기색이 역력했지만, 다들 그 이상으로 힘을 내는 모습이었다.

이유리처럼 혹여나 자신의 지친 모습이 동료들의 걱정거리가 되지 않을까 싶어, 과하게 환한 표정을 짓는 구석도 있었다.

"괜찮겠어?"

동원이 조심스럽게 이유리의 손을 잡았다.

그녀의 손가락은 굳은살이 잔뜩 박여 있었다. 전투 중에 쉴 새 없이 활시위를 당겼으니 그럴 법도 했다.

"오빠 걱정이나 해요. 나는 적어도 활을 쏠 때는 제자리에 서서 쏘잖아. 오빠는 한 번도 안 쉬고 움직인 거 알아요?"

여기저기 찢겨져나가고 핏자국이 보이는 손가락 하나하나가 마음에 걸렸지만, 이유리는 되레 동원의 이마를 타고 흘러내리는 땀을 닦아주며 그를 걱정했다.

"괜찮으면 이번 진입 작전은 나와 혁수 씨가 최전방에서 리더를 보조했으면 하는데. 동원, 어떻게 생각해?"

"이제 밥값을 할 때가 되지 않았나 싶습니다. 이번과 같은 속도전은 강한 힘으로 뚫고 나가지 않으면 위험합니다. 정우 씨는 속전에 능하고, 저는 일격필살에 강하니 좋은 시너지 효과가 있을 겁니다. 솔직히 말하자면 명예 회복을 위한 스포트라이트가 필요한 부분도 있습니다. 그 점은 미리 인정을 하죠."

동원과 이유리의 대화를 지켜보고 있던 이정우와 김혁수가 자연스럽게 나섰다.

이번 전투에서 찰떡궁합을 선보이며 수많은 이그라드의 전사들을 베어 넘긴 그들은 아직도 더 많은 피를 고파 하는 모습이었다.

끊임없이 전투를 치르며, 그 속에서 자신의 존재 가치와 이유를 찾는 두 사람에게는 이번 전투는 더할 나위 없는 무대였다.

물론 큰 그림을 봐도 동기부여가 되는 것은 마찬가지였다.

"형님, 뒤는 저희에게 맡겨주세요. 목숨 걸고 지키겠습니다. 앞만 보고 달리세요."

"죽을 각오로 지키겠습니다! 대신 나중에 단비에게 좋게 말씀 좀 해주세요. 정말 멋있었다, 그런 거 있잖아요? 후후."

쌍둥이 형제인 찬성과 찬열도 말을 보탰다.

그르르르릉!

이어서 김윤미의 백랑도 한껏 자신의 목소리를 냈다.

김윤미는 동원에게 시선을 고정시키고는 아무 말 없이, 입술을 굳게 다물고 고개를 끄덕였다.

그녀의 표정에서는 다른 누구보다도 더 강한 의지가 묻

어났다.

“쉬고 싶은 사람은 얼마든지 쉬어도 좋다. 이걸 두고 원망하거나 탓할 사람은 아무도 없어. 괜찮아.”

“그런 질문 자체가 저희 자존심을 긁는 거예요, 리더. 자, 갑시다. 여기서 뺄 사람은 아무도 없습니다! 바닥에 드러누워 뻗어도 여기가 아니라 지로드 산맥에서 눕는 겁니다!”

“조규현, 너 간만에 좀 멋있다?”

“누님, 저는 원래 멋있…….”

빠악!

“…으면 하는 바람이 있습니다. 으윽.”

말이 끝나기도 전에 뒤통수를 후려갈기는 서희의 매서운 일침에 규현이 머리를 긁적이며 미소를 지었다.

어느 누구 하나 망설이는 사람은 없었다. 모두가 결연한 의지로 가득 차 있었고, 그것은 비단 여기에 있는 동원 일행뿐만 아니라 전투 참여를 결심한 모든 스피어러들이 그러했다.

전황은 상당히 복잡했다.

전선은 크게 세 군데로 분류가 됐다.

첫째는 이미 변이체들의 공격에 전진 기지의 스피어러들이 전멸하거나 패퇴하여 무너진 곳이었다.

이쪽은 여전히 변이체들의 파상공세가 진행 중이었다.

그리고 이번에 거점 하나를 연합군에게 빼앗기면서, 이그라드의 전사들이 직접 포탈을 넘어가 지구로 향할 수도 있다는 추측이 제기됐다.

하지만 지구에 주둔 중이던 스피어러들로 구성된 수비 병력이 포탈 근처와 시가지에서 격렬하게 교전 중이었고, 이곳은 공방전이 반복되며 변이체와 스피어러들의 피해가 늘어나고 있는 상황이었다.

둘째는 다른 거점으로 향한 브리그-스피어러 연합군의 전선이었다.

이곳이 최대 전장이었다.

수성에 성공하고 속속 합류 중인 스피어러들과 이그라드의 지원군이 한데 뒤엉키면서, 수만에 가까운 규모의 양쪽 전력이 대격돌했다.

코어는 여전히 이그라드의 소유였고, 연합군에 소속되어 있던 스피어러들 중 랭커들로 편성된 에이스 전력이 홀에 진입했으나 이를 지키던 보스에게 막혀 한 차례 뒤로 물러난 상황이었다.

워낙에 치열한 공방전이라 어느 쪽도 쉽사리 진격과 후퇴를 결정할 수 없었다.

물러서는 순간 매서운 추격에 무너질 수 있는 상황이고,

무작정 진입했다가는 큰 피해를 입을 수 있었다.

때문에 많은 스피어러들과 이그라드의 시선이 여기에 쏠려 있었다.

이미 거점을 빼앗겨 버린 이쪽은 오히려 자연스럽게 고려 대상에서 제외되어 버렸다.

이것이 바로 노림수였다.

이그라드의 로드 자그네트는 당연히 거점을 점령해 코어의 힘을 두 개로 늘린 스피어러들이 격전 중인 거점으로 향해 한 개를 더 취하려 할 것이라 여겼다.

그만큼 지로드 산맥은 험준했고, 트윈 코어를 얻기 위해서는 감수해야 할 것들이 너무 많았기 때문이다.

하지만 브리그 족은 어린 나이의 전사들을 대거 끌어올 정도로 필요한 전력을 최대한으로 동원했고, 이에는 장로들과 대장로까지 참여했다. 승부수였다.

여기에 별다른 이탈 없이 기존에 진공(進攻)했던 스피어러들이 그대로 합류하면서, 거대한 군세가 트윈 코어로 향할 준비를 마친 상태였다.

"가자. 처음이자 마지막이 될지도 모르는 이 기회를 놓칠 수 없어."

"우리야 항상 늘 그랬듯이… 리더를 따라갈 뿐이죠. 다른 건 없어요. 가요, 우리는 항상 삶과 죽음, 그 언저리를 거니는 사람들이잖아요?"

"후후후."

"하하하."

서희의 말이 왠지 모르게 깊숙이 와 닿았던 동료들은 저마다 웃음을 터뜨렸다.

왠지 모르게 숙연해지는 데서 나오는 웃음인지, 아니면 정말 지금의 이런 현실들을 최대한 긍정적으로 그리고 즐기듯 받아들이고 있어서 그런 것인지는 알 수 없었다.

하지만 한 가지 확실한 것은 있었다.

지금이 아니면 안 된다는 것.

무리를 하는 한이 있더라도 지금 이그라드에게 가장 센 카운터펀치를 먹여두지 않으면, 그다음에는 역으로 스피어러들과 브리그 족이 위기에 처할 것이라는 사실에는 모두가 공감하고 있었던 것이다.

스피어러-브리그 연합군은 북쪽으로 진군했다.

혹시나 사전에 계획이 새어 나갈 수도 있음을 우려하여, 현재 격전을 벌이고 있는 다른 쪽의 연합군에게는 이 사실을 알리지 않았다.

알베르는 자신이 알고 있는 우회 루트로 연합군을 안내했다.

이 길은 이그라드 족들도 잘 알지 못하는 길로 주변의 눈에 띄지 않고, 아도네스 행성의 어둠을 틈타 이동하기에는 좋은 길이었다.

"이번 전투가 끝나면 정말 딱 하루만 날 잡고 푹 쉬고 싶네요. 진짜 죽은 듯이 잠만 자고 싶긴 하네요. 하하하."

규현이 한층 무거워진 눈꺼풀을 비비며 말했다.

다들 내색은 안 했지만 움직임이 확실히 무뎌진 모습이었다.

코어의 힘을 새로이 얻은 동원은 오히려 전보다 더욱 충만해진 기운과 체력으로 가득했지만, 다른 동료들은 그렇지 못했다.

"자, 손을 잡아 보시죠."

그때, 규현의 옆으로 브리그 족의 전사 하나가 붙었다.

그러더니 자신의 손을 내밀었다. 규현이 자연스럽게 전사의 손을 붙잡자, 그가 남은 자신의 한 손으로 규현의 손을 포개더니 무어라 주문을 외우기 시작했다.

"어?"

그 순간, 규현의 표정이 변했다.

손끝을 타고 들어오는 아주 따뜻하고도 기분 좋은 느낌이 있었던 것이다.

그것은 순식간에 규현의 심장으로 파고든 뒤 혈관을 따

라 전신으로 퍼져나갔다.

그러자 온몸을 무겁고 축축하게 만들던 느낌이 일시에 사라지며, 피로가 말끔히 풀리는 기분이 들었다.

"꽤 시간을 두고 기운을 모아야만 하는 치유 기술이라 하루에 한 번 정도만 가능하지만, 지금이라면 당신에게 보탬이 될 것이라 생각합니다."

샤아아아.

샤아아아.

여기저기서 브리그 족 전사들이 스피어러들과 손을 맞잡았다.

불어넣은 기운에 체력을 빠르게 회복한 스피어러들은 어느새 생기가 도는 얼굴로 바뀌어 있었다.

"저는 됐습니다."

"괜찮겠나?"

"오히려 전보다 더 몸 상태가 좋아진 느낌입니다. 코어의 힘이란 정말 그 깊이를 알 수 없군요. 아직도 제가 깨닫지 못한 많은 힘들이 있을 겁니다."

"후후, 괜히 힘의 근원이라 불리는 것이 아니지. 이제 우리 브리그는 이 힘을 다시 되찾을 수 없겠지만, 자네의 힘이 된다면 우리에게는 아쉬울 게 없지. 다른 스피어러들은 몰라도 동원 자네는 믿으니까."

"그 말씀, 잊지 않겠습니다."

동원이 에제르에게 정중하게 고개를 숙였다.

그러자 에제르 역시 두 손을 모으고는 공손히 동원의 인사를 받았다.

말을 놓거나 편하게 대화를 할 정도로 가까운 사이가 됐지만, 그래도 서로를 존중하는 마음은 한결같았다.

"느낌 어때, 좋아?"

"케인! 그러고 보니 잊고 있었군. 정신없이 전투를 치르다 보니……."

"후후, 내가 생각나지 않을 정도였다면 정말 정신없이 싸운 게 맞긴 한가 보군. 어때, 기분은? 코어의 힘이 몸에 무리가 된다거나?"

"그렇진 않아."

모든 스피어러들과 브리그 족이 빠른 걸음을 유지하고 있었다.

속도는 줄이지 않는 가운데, 동원은 저 멀리서 자신에게 달려온 케인을 반갑게 맞이했다.

"리더는 생각보다 부상이 심해서 후방으로 빠지게 될 듯하다. 네게 미안하다는 말을 꼭 전해 달라고 하셨다. 동시에 내가 리더의 몫까지 확실히 해주길 바라시지. 지금 전력 분배를 하고 있는 중이야. 우리는 가장 치열한 전투가 예상되는 지로드 산맥 초입 부분에 남는다. 이번 전투는 그 어느 때보다도 호흡이 중요해. 너와 오랜 기간 호흡을 맞춰 온 동료들이 가장 깊숙한 곳까지 들어가야 한다. 아 참, 이건 통보야. 그렇게 알고 있으라는 이야기다."

사실 비틀어 생각해 보면 자신들의 리더가 코어의 힘을 손에 넣지 못했으니, 여차하면 궂은일은 하지 않으려 해도 무어라 할 수 없는 것이 히어로즈 클랜이었다.

지금 이 상황에서 자존심이나 이익을 따진다면 말이다.

하지만 히어로즈 클랜의 리더 데이비스는 그런 속 좁은 사람이 아니었다. 그리고 그를 따르는 스피어러들도 마찬가지였다.

그들은 자원해서 가장 격전이 예상되는 지점에 자신들을 배치해 달라고 요청했고, 그것이 지금 케인이 전달한 클랜의 뜻이었다.

"케인, 고맙다."

동원은 굳이 그들의 뜻을 거절하고 싶지 않았다.

이미 내려진 굳은 결심.

이를 물려달라고 하는 것은 오히려 그들의 자존심과 자신에 대한 응원을 무시하는 것과 다름없다.

"성공해라. 뒤는 걱정하지 말고. 너는, 앞만 보고 달려가

라. 멈추지 않는 기관차처럼 말이야.”

“알았다.”

탁!

동원과 케인이 굳게 손을 맞잡았다.

다른 말은 필요하지 않았다.

케인은 앞으로 펼쳐질 스피어러와 브리그 족의 운명이 자신이 손을 잡은 이 남자에게 달려 있을 것이라 생각했다.

어떻게 해서든 동원에게 힘이 되어 주어야만 했다.

이제 스피어러들 사이의 갈등, 견제, 시기, 질투는 무의미했다.

오로지 목표는 하나.

이그라드의 욕심으로 시작된 이 지독한 악연을 하루라도 빨리 끝맺는 것, 그뿐이었다.

*　　*　　*

휘이이이이, 휘이이이이.

얼마 후, 지로드 산맥을 앞에 둔 연합군은 잠시 멈췄다.

모래바람이 심하게 불고 있었다.

동쪽에서 불어오는 바람은 붉은색 모래를 허공에 잔뜩 뿌려댔다.

덕분에 얼마 전까지 선명하게 보이던 지로드 산맥의 광경은 붉은 모래바람에 뒤섞여 정상 부근만 보이는 기이한 광경을 연출해 내고 있었다.

"지금부터는 속도전이네. 멈출 시간은 없어. 최대한 빨리, 최대한 거침없이 전진해야 하네."

"알고 있습니다."

알베르가 다시 한 번 주의를 환기시켰다.

전장에 다다르자, 이동에만 집중하고 있던 스피어러들도 다시 무구를 재점검하며 결의를 다졌다. 브리그 족 전사들도 마찬가지였다.

이제 여기서부터는 전진을 시작하는 순간, 후퇴는 없다.

후퇴를 해야 할 상황이 생긴다면, 그때는 죽음을 눈앞에 둔 상황뿐이었다.

우연인지 모래바람은 지근거리까지 다가온 연합군의 기척을 완벽하게 숨겨주고 있었다.

휘이이이이이이이!

그사이 더욱 세차게 모래바람이 불어오기 시작했다.

때를 맞추어 알베르가 나섰고, 동원이 빠르게 뒤를 따랐다.

거세게 부는 바람 속으로 점점 스피어러들과 브리그 전사들이 사라져 갔다.

그리고 어느새, 방금 전까지 연합군이 두 발을 딛고 서 있던 자리에는 아무도 없었다.

그저 여느 때처럼 모래바람이 부는 광경만이 펼쳐져 있을 뿐이었다.

제9장
임전무퇴

“브리그 놈들… 스피어러들의 힘을 빌려 코어를 탈취할 줄이야. 그놈들은 처음부터 그랬고, 여전히 비겁한 족속들이야. 말살되어야 마땅한 놈들을 끝까지 씨를 말렸어야 했는데… 그때 자그네트 님이 코어를 획득하겠다고 다른 쪽으로 병력만 안 돌렸어도 놈들은 진작 멸종되었을 것인데.”

“우리도 아이티네스로 가봐야 하는 것 아닌가?”

“무슨 소리야. 왜 죽을 곳을 찾아가서 싸워. 경계나 잘 서라고. 그게 우리 임무야.”

“볼 게 있어야 보든가 하지. 사방이 온통 모래바람인데.”

"아이티네스까지 함락되는 건 아니겠지?"

"지원군까지 갔으니 놈들이 쉽게 차지하진 못할 거다."

지로드 산맥 초입의 경비 초소 위. 이그라드의 전사 둘이 연신 사방을 살피며 대화를 나누고 있었다.

그들의 말대로 사방이 온통 모래바람이라 시야가 극도로 좁아졌고, 매캐한 모래 먼지의 느낌이 입안을 채울 때마다 연신 두 전사는 침을 뱉었다.

아이티네스는 현재 스피어러-브리그 연합군과 이그라드 족이 격전을 벌이고 있는 거점이었다.

연합군이 세 번째 코어 획득을 위해 노렸던 지점이기도 했다.

전투 자체에 대한 소식은 이미 각지에 전달이 된 상태라, 이곳에 있던 이그라드 전사들에게도 소식이 들어간 것이다.

모든 시선은 아이티네스에 집중되어 있었다.

일부 지원군이 이곳 지로드 산맥에서 차출이 되었기에 관심이 없을 수 없었다.

지금도 이그라드 내부에서 가장 아쉬워하는 것이 방금 전 두 전사들이 나누었던 대화였다.

로드 자그네트가 브리그 족이 패주하는 과정에서 의도적으로 시선을 돌리기 위해 뿌려 놓은 코어를 회수하기 위해 브리그 족의 뒤를 쫓지 않았고, 그 과정에서 살아남은 브리그 족들이 지금처럼 각지에 거점을 마련하고 게릴라전을 펼쳤다.

동시에 코어를 빼앗기는 와중에도 브리그의 로드는 스피어라는 최후의 수단을 만들어내는 데 성공했고, 그로 인해 지금 이그라드는 브리그 족뿐만 아니라, 그들로 인해 만들어진 새로운 개체를 상대하는 중이었다.

"몸이 근질근질한 게, 차라리 지원군에 포함시켜 달라고 할 걸 그랬나?"

"굳이 그럴 필요가 있……."

푸슉! 푸샤샤샤샤샤샥!

"아니, 이……!"

푸욱!

두 전사가 말을 채 끝맺기도 전에 순식간에 상황이 벌어졌다.

모래바람 속에서 빠르게 도약한 케인은 눈 깜짝할 사이에 전사의 목 한가운데를 단검으로 그어버렸다.

말을 채 이을 새도 없이 단숨에 끊어진 목숨이었다.

옆에 있던 동료의 운명도 크게 다르지 않았다. 바람을 타고 더욱 가속된 화살에 이마 한가운데를 명중당한 그는 두 눈을 부릅뜬 채로 앞으로 고꾸라졌다.

케인은 힘없이 앞으로 쓰러지는 전사의 몸을 붙잡고는 소리가 나지 않도록 조용히 초소 위에 눕혀 두었다.

사사사사삭.

바람 소리에 묻힐 정도로 은밀하게, 하지만 빠르게 연합군이 움직였다.

산맥 초입에는 여기저기 경비 초소가 설치되어 있었지만, 급격하게 악화된 날씨로 인해 시계 파악이 쉽지 않아 벌어진 상황을 알지 못했다.

그러는 사이 차례대로 경계를 서던 이그라드 전사들이 쓰러져 갔다.

서로가 누군가에게 당했다는 사실조차 인지하지 못할 정도로 은밀하게 벌어진 일이었다.

문명의 한계였다.

브리그 족의 감시 시스템은 동족의 기운, 그리고 허가되지 않은 이방인이 아니라면 주변에 접근하기만 해도 경보가 울리게 할 수 있을 정도로 고등 문명의 체계를 갖추고 있었지만 이그라드는 그렇지 못했다.

이것은 치명적이었다.

그들에게는 강력한 힘과 호전성, 그리고 안정적인 번식과 성장을 바탕으로 한 인적 자원이 있었지만, 브리그 족과 같은 고등한 문명 체계는 없었다.

"……!"

동원이 오른손을 높이 들며 신호를 보냈다.

진격 신호였다.

뒤를 돌아보지 않고 끊임없이 앞으로 달려가야 할 일전의 시작이었다.

*　　*　　*

"침입자, 침입자다! 으끄그극! 으끅! 크아아아악!"

"이 길이 메인 루트다. 계속해서 돌파한다!"

초입까지 당도하는 것은 은밀하게 이동해서 가능했지만, 이제 개전(開戰)이 된 만큼 그것은 불가능했다.

속도전.

스피어러들이 진입하면서 바로 이그라드의 전사들과 맞닥뜨리자, 가장 발 빠르게 움직인 것은 바로 브리그 족의 전사들이었다.

특히 장로들의 정신력은 전사들과 비교 불가능할 정도로 강력해서, 그들이 정신을 집중할 때마다 서너 명의 이그라드 족들이 머리를 붙잡으며 비틀거리다가 스피어러들의 공격에 목숨을 잃었다.

정신 공격은 치명적이었다.

그리고 이에 응수할 수 있는 고급 전력은 지로드 산맥 초입이 아닌 중심부에 있었다.

"대장로님, 그럼 부탁드립니다!"

"어서 가게!"

"자, 가자! 돌아볼 시간도 없다!"

동원의 외침이 울려 퍼지고.

동원의 동료들과 그를 따르는 스피어러들이 신속하게 입구를 지나 안으로 돌파하기 시작했다.

그리고 자연스럽게 첫 번째 양 갈래 길로 히어로즈 클랜의 스피어러들 일부가 분산 이동했다.

모든 움직임은 약속된 대로 신속하게 이루어졌다.

하나부터 열까지, 모두 계산된 움직임이었다.

"아니, 여기에 어떻… 크윽!"

푸슉! 푸슈슈슉! 푸슉!

전광석화와도 같은 동원과 일행의 움직임은 오로지 앞만을 보고 달렸다.

정상으로 향하는 중앙로. 그 중앙로를 가로막는 이그라드의 전사들은 가차 없이 숨통이 끊어졌다.

동원이 지나가고 난 뒤, 다른 곳에서 몰려드는 전사들이 후방에 있는 스피어러들과 브리그 족의 전사들을 공격하더라도 동원은 뒤도 돌아보지 않았다.

뒤를 돌아보기 위해 한 걸음을 늦게 움직이는 것은 이번 진공 작전에서는 막심한 손해였다. 트윈 코어를 탈취할 수 있는 기회는 두 번 다시 오지 않는다.

입버릇처럼 동원과 대장로가 말했듯, 이번에 트윈 코어를 손에 넣지 못하면 이그라드 족은 어떻게든 이 코어의 위치를 바꾸거나 입구부터 방비를 견고히 하여 다시는 진입할 엄두조차 내지 못하게 만들 터였다.

"야하, 이거 속도감 제대로인데! 좋아, 이 냄새. 다들 덤벼라, 내가 간다!"

김혁수는 이정우와 함께 동원의 양옆에서 동원보다 더 격렬하게 전투를 펼치는 중이었다.

두 사람의 분전 덕분에 동원은 정말 말 그대로 눈앞을 막는 놈만 처리하면 됐다.

현란한 이정우의 발길질과 김혁수의 대검이 허공을 가를 때마다 사방으로 핏물이 튀었다.

이미 동원을 비롯한 주변의 동료들, 즉 블랙 헌터 클랜의 간부들은 온통 피칠갑을 한 상태였다.

이유리 역시 묵묵히 동원의 뒤를 따르며, 멀리서 동원을 노리고 달려드는 이그라드 전사들의 숨통을 끊었다.

"그냥은 안 죽는다……!"

퍼어어엉!

듣는 순간, 마음이 숙연해지게 만드는 폭음도 들렸다.

이것은 중상을 입어 회생 불가능한 상태이거나, 적들에게 포위당해 살아날 방법이 없을 때 브리그 족이 쓰는 자폭 전술이었다.

어차피 죽을 목숨, 저승길에 길동무라도 더 데려가겠다는 것이었다.

브리그 전사들이 자신의 정신과 육체를 제어하는 통제의 관념을 놓는 순간 브리그 족만이 가진 기운이 분열을 거듭하게 되는데, 그것이 결국 폭발로 이어지는 것이다.

이 폭발은 신기하게도 스피어러들에게는 미치는 영향이 없고, 반대의 상성을 가진 이그라드 족에게는 치명상이 되는 폭발이었기 때문에 매우 효과가 컸다.

각각의 진입로와 갈림길에서 스피어러들과 브리그 족, 이그라드 족이 뒤엉켜 싸우는 광경은 그야말로 아비규환이었다.

시간이 멀다 하고 여기저기서 브리그 족의 자폭이 이어졌고, 스피어러들이 피를 토하며 쓰러졌다.

이그라드의 전사들도 두 다리가 잘려 나가도 남아 있는 두 팔로 적의 몸을 부여잡고, 이빨로라도 어디든 깨물어 끝까지 공격을 퍼부었다.

성난 스피어러들이 머리를 반으로 쪼개어 뇌수가 흐를 때까지 내리찍어도, 숨이 끊어지지 않는 한 이그라드의 전사들은 상대를 움켜쥔 손을 놓지 않았다.

"우리 어머니 가방 사드려야 된다, 이 새끼들아! 백날 달려들어 봐라, 내가 죽나!"

저 멀리서 누군가의 호기 가득한 목소리가 들렸다.

그 순간, 동원은 스치듯 드는 생각이 있었다.

여기서 싸우고 있는 모든 사람들에게는 목숨을 걸고 싸워서, 살아서 돌아가야만 하는 이유가 있다는 것을.

그래서 더욱 뒤를 돌아보지 않았다. 이 희생을 치르고도 아무 성과를 얻지 못한다면, 여기서 죽을 각오로 싸우고 있는 수많은 동료의 꿈과 희망을 꺾는 것과도 같았다.

그와아아아!

"씨발, 이 목소리는… 미노타우로스인데. 형님, 저희는 여기까지인 것 같습니다. 맡겨 주십시오!"

"빌어먹을 젖소 새끼."

황찬성과 황찬열이 시원하게 욕지거리를 내뱉으며 갈림길에서 멈춰 섰다.

약속된 배치였다. 가장 껄끄러운 대형화된 체력형 변이체가 나타날 경우 쌍둥이 형제가 맡기로 했던 것이다.

두 사람이 빠지자, 두 사람의 직속 휘하에서 따르는 블랙 헌터 클랜의 스피어러들도 자연스럽게 빠졌다. 그리고 짝을 지어 동행하던 브리그 족 전사들도 남았다.

"……."

동원을 입술을 질끈 깨문 채, 지로드 산맥 초입부터 시작한 계속된 질주를 멈추지 않고 달리고 또 달렸다.

어느 순간부터인가 지치지 않는 체력으로 옆에 바짝 붙어 있는 이정우와 김혁수를 제외한 다른 스피어러들은 조금씩 거리가 벌어질 정도로 빠른 이동이었다.

아직까지 알베르를 비롯한 장로들은 곁에 있었다.

아직까지는 지로드 산맥의 중턱을 지나지 못했고, 중턱 전까지는 그들이 말하는 안전지대였기 때문이다.

"여기는 우리가 맡을게요. 동원 씨, 힘차게 달려요!"

"이따 봐요!"

이어서 서희와 김윤미가 빠졌다.

이곳은 앞서와 달리 소수의 이그라드 전사들과 소형화된 변이체들이 다수 위치하고 있는 곳이라, 광역 공격이 가능한 서희와 폭발적인 공격력을 가진 백랑을 보유한 김윤미의 활용도가 높았다.

또다시 자연스럽게 두 사람이 빠지고, 점점 동원의 동료들의 수도 줄어갔다.

"침입자를 막아라!"

올라가면 올라갈수록 대응 속도가 빨라졌다.

지금까지는 속도를 줄이지 않고 올라올 수 있었던 동원이었지만, 이번에는 이미 모여든 한 무리의 이그라드 전사들이 길목을 확실하게 막고 지키고 있었다.

동원의 양쪽 건틀릿 끝으로 힘이 강하게 실렸다.

"저놈이다!"

이그라드 족은 동원을 알아봤다.

동원의 얼굴을 알아본 것이 아니라, 동원에게서 느껴지는 강력한 힘의 근원을 느낀 것이다.

그 순간, 전사들의 표정에 두려움이 일었다. 그것은 본능에 근거한 두려움이었다.

자신들이 코어를 지키고 있는 보스들을 상대할 때 느꼈던 무한한 힘에 대한 두려움을 동원에게도 느낀 것이다.

하지만 이제 와서 도망칠 수도, 무릎을 꿇고 목숨을 구걸할 수도 없는 노릇이었다.

그들은 얼굴에 만감이 교차하는 표정을 지은 가운데, 그대로 동원에게 달려들었다.

'이런 움직임들은 내게 아무런 문제가 되지 않아. 전혀 문제 될 것이 없어.'

동원은 자신만을 노리고 달려드는 일곱의 전사들을 보며 속으로 생각했다.

양옆에서 달려드는 적들은 이정우와 김혁수가 상대했고, 나머지는 동료들이 산개하며 상대했다. 브리그 족들의 지원도 이어졌다.

동원은 마치 슬로비디오의 일부분처럼 움직이는 적들의 모습을 보고, 달라진 자신의 모습을 다시 한 번 실감했다.

이것은 인위적인 것이 아니었다. 그만큼 자신의 반응 속도, 동체 시력이 빨라진 것이다.

동원은 기존에 자신이 스피어러로서 가지고 있던 능력치가 상당히 높았고, 그로 인해 두 개의 코어 획득이 체내에 가져온 변화의 증폭량이 상당했다.

아마 동원이 실력이 부족한 스피어러였다거나, 어느 한 쪽에 약점이 많은 스피어러였다면 지금의 양상은 달랐을 터다.

후웅!

가장 선두에서 동원을 노리던 이그라드 전사의 우락부락한 주먹이 동원의 얼굴 왼쪽을 스쳐 지나갔다.

예상치 못한 것이 아니라, 동원이 의도적으로 아슬아슬하게 피한 공격이었다.

퍼억!

"끄억……!"

그리고 동원이 무심하게 그대로 몸을 회전시키며 주먹

끝으로 전사의 얼굴을 후려쳤다. 그러자 비명이 터져 나오며, 그대로 전사의 목이 180도 뒤로 돌아가 버렸다.

"……."

그 순간, 아직 숨이 붙어 있는 다른 전사들의 표정이 흙빛으로 변했다.

아주 가볍게 펼친 동원의 공격이었지만, 그 공격 한 번에 거구의 동료 전사가 그대로 목이 돌아가 죽었다.

숨이 끊어진 본인도 인지하지 못했는지 여전히 눈을 부릅뜬 채로 괴기스럽게 뒤를 응시하고 있었다.

기선을 제압당해 버린 전사들은 전의를 잃었다.

이것은 어떻게 기를 쓰고 상대해볼 수 있을까 없을까에 대한 문제가 아니었다.

계란으로 바위를 치는 것보다도 더 무모한 일처럼 여겨졌다.

동원의 힘을 목격한 그들은 방향을 반대로 틀었다. 이래 죽으나 저래 죽으나 매한가지라면, 차라리 도망이라도 치다가 죽을 생각이었던 것이다.

콰아아아앙!

하지만 그것도 여의치 않았다.

동원이 빠르게 뒤를 추격하며 파워 웨이브를 전개하자, 엄청난 충격파가 일거에 그들을 감싸며 동시에 온몸의 뼈

마디와 신체 내부의 장기들을 터뜨려 버렸다.

코앞에서 만들어 낸 파워 웨이브의 충격파는 이 거대한 몸으로도 버텨낼 재간이 없었다.

길이 뚫리고, 동원은 다시 달렸다.

동원의 곁을 지키던 동료들은 순식간에 가루가 되어 흩어져 버린 전사들의 시신을 보고는 다시 한 번 동원이 가진 엄청난 힘의 파괴력을 실감했다.

왜 대장로 알베르가 동원이 트윈 코어의 힘까지 얻길 바라는지, 그것이 왜 이그라드에게 엄청난 위협이 된다고 했는지… 알려주는 증거물이었다.

제10장

가슴속에 새긴 아픔

진격은 계속됐다.

지로드 산맥 중턱에서 브리그 족이 대규모로 빠져나갔다.

예상대로 중턱 이후에서 강력한 코어의 간섭 기운이 느껴졌고, 이는 더 이상의 진군을 불가능하게 만들었던 것이다.

남은 인원은 동원을 보조하기 위해 중턱까지 올라온 알베르와 장로급의 브리그 족 소수였지만, 그들로도 이곳을 지키는 것에는 문제가 없었다.

사방에서 변이체와 이그라드 전사들로 구성된 연합군이 달려들었지만, 그들은 물리적인 공격이 가능한 범위 안으로 접근하기도 전에 장로들의 정신 공격에 머리를 부여잡으며 픽픽 쓰러졌다.

이제 동원의 곁에는 스피어러들만이 남아 있었다.

아직 수는 수백 단위로 많았지만, 올라가면서 점점 이 인원도 줄어들게 될 터였다.

"발칙한 놈들!"

"이제 좀 쓸 만한 놈이 나오는 모양이군."

"더 이상 올라갈 수는 없다."

진격이 마냥 순탄하지는 않았다.

산맥 정상으로 향하는 길이 가파르게 변하면서 이동에 애를 먹고 있는 가운데, 길목을 막고 선 한 무리의 전력이 있었다.

후방에는 정신 공격이 가능한 이그라드의 고위 기사들이 자리를 잡고 있었고, 정면에는 붉은색의 오라를 풍기는 전사들이 서 있었다.

그들은 앞서 만났던 전사들보다 오히려 작은 체구였지만, 느껴지는 것은 완벽하게 달랐다.

'오라는 후방에 있는 고위 기사를 통해 컨트롤이 되는데, 그 오라는 적게는 하나에서 많게는 두 가지 속성에 대한 내성을 갖게 되네. 고위 기사의 능력이 출중한 경우에는 물리력과 정신력에 대한 내성을 함께 갖는 경우가 생기는데, 이런 경우에는 내성이 한 번에 감당할 수 있는 충격량 그 이상을 주면 먹혀드는 부분이 있지.'

동원을 포함한 동료들은 올라오는 길에 알베르로부터 추가로 전해 들었던 이야기를 떠올렸다.

앞서 경험해 본 일이지만 내성을 보유한 적들은 상대하기가 껄끄럽다.

언젠가 마주칠 적이긴 했지만, 갈 길이 바쁜 이 시점에서 맞닥뜨리니 짜증이 솟구쳤다.

그중에서 유독 오라가 두텁게 펼쳐져 있는 전사 하나 동원을 향해 자신 있게 달려들었다.

그는 앞서 상대했던 전사들과 달리, 동원을 보고도 전혀 두려운 기색을 느끼지 않는 모습이었다.

"여기서 죽여주마!"

"하아아앗!"

순식간에 동원을 향해 달려드는 전사를 향해 동원이 일갈하며 힘이 가득 실린 일격을 가했다.

카운터 요건이 발동된 것은 아니더라도 충분한 충격을 줄 수 있을 강력한 일격이었다.

퍼억!

"후후."

묵직한 격타음이 들렸지만, 전사의 표정에는 아무런 변화도 없었다.

몸을 둘러싸고 있던 오라 일부가 걷혀 나갔지만, 다시 고위 기사가 정신을 집중하자 색이 짙어졌다.

워낙에 경사가 있는 길이다 보니 이유리가 원거리 공격을 이용해 기사들을 노리기도 쉽지 않았다.

게다가 또 그 고위 기사들을 지켜주는 다른 기사들이 있었다.

그들은 별도로 쉴드 같은 것을 형성하여, 원거리 공격에 대한 가능성을 원천 봉쇄하고 있었다.

결국 눈앞에 보이는 이 '내성 덩어리'들을 어떻게든 쓰러뜨리지 않고는 돌파할 수 없었던 것이다.

이는 갈림길로 난 각 길목에서 적을 맞닥뜨린 동원의 동료들도 마찬가지여서, 결국 여기서만큼은 힘 대 힘의 싸움으로 돌파할 수밖에 없게 되었다.

"지체할 시간이 없어! 가자!"

동원이 동료들을 독려하며 전력을 다해 전투를 벌이기 시작했다.

파앗.

바로 그때.

규현은 전장으로 시선을 돌리던 와중에 지로드 산맥 정상 언저리에서 아주 잠깐, 정말 찰나의 사이로 반짝였던 붉은 광원을 볼 수 있었다.

"…뭐지?"

마치 이쪽을 노려보고 있던 악마의 눈처럼 느껴지는 기분 나쁜 반짝임이었다.

광원은 점점 더 커졌다.

격전을 벌이고 있는 동료들은 산맥 정상에서 반짝이는 붉은빛을 전혀 확인하지 못했다.

당장 눈앞에 있는 전사들을 상대하는 것도 분초를 다투는 일이었기 때문이다.

오히려 이 와중에 멀리서 보이는 수상한 낌새를 눈치챈 규현 자신이 더 이상하게 느껴질 정도였다.

"……."

규현은 잠시 전장에서 살짝 벗어났다.

무시하고 다시 싸우기에는 저 광원의 존재의 이유에 대한 답을 얻지 못했기 때문이다.

"아."

바로 그때.

규현의 입에서 탄성이 터져 나왔다. 붉은색 광원이 순식간에 커지기 시작하더니, 이내 방향을 살짝 틀며 동원이 있는 쪽으로 무언가를 쏟아낼 준비를 하고 있었던 것이다.

저기에 무슨 장치가 있는지, 그것이 어떤 역할을 하는지는 알 수 없었다.

하지만 그동안 수많은 전투를 치러오면서 규현 자신이 몸으로 느껴온 본능이라는 것이 있었다.

위험하다. 그리고 저 위험한 무언가는 동원을 노리고 있다.

마치 한 줄기 섬광이 번쩍이고 나면, 동원의 목숨을 노릴 이른바 '살인 광선' 이 쏟아져 나올 것 같은 느낌. 그것은 말 그대로 느낌이고, 본능이며, 육감이었다.

"……."

그 순간, 아주 찰나의 순간, 규현의 머릿속에서 수많은 생각이 스쳐 지나갔다.

광원은 그사이에도 더욱 커졌다. 그리고 이내 반짝이는 섬광을 뿜어내기 시작했다.

동원은 자신에게 집중된 전사들의 파상공세를 호각세로 버텨내고는 있었지만, 여기서 어떻게 여유를 가지고 움직이기에는 동선 자체가 나오지 않았다.

지금 동원에게 피하라고 해도 피할 방법이 없을 것이다.

다른 사람은 몰라도 리더는 안 된다.

규현은 그렇게 생각했다. 수많은 불길하고 기분 나쁜 생각들이 이어서 머릿속을 맴돌았지만, 입술을 질끈 깨물며 떨쳐 냈다.

"하앗!"

그리고 일갈하며 달려 나갔다.

그동안 스피어러로서 키워온 힘, 그리고 입고 있는 슈트면 최소한 버티기는 되지 않을까. 그게 규현이 마지막으로 내린 결정의 이유였다.

파앗!

지로드 산맥 정상에서 출발한 붉은빛의 광선이 동원을 노리고 그대로 일직선으로 날아들었다.

전력을 다해 달리던 규현은 그대로 허공으로 몸을 날렸다.

다행이란 생각이 들었다.

민첩성에 다수의 스피어를 투자해 놓았던 덕분에 이 엄청난 거리를 단숨에 주파할 수 있었으니까.

그 순간, 동원은 어디선가 순식간에 날아와 몸을 날리는 규현을 볼 수 있었다. 동시에 그의 뒤로 보이는 한 줄기 광선을 목격했다.

잠깐의 시간이 영원처럼 지나갔다.

그리고 쏜살같이 날아든 광선이 그대로 규현의 가슴 한

가운데를 강타했다.

치이이이이익!

"끄아아악! 리더, 피, 피해요!"

광선이 슈트에 닿는 순간, 규현은 깨달았다.

이것은 슈트가 가지고 있는 특수 능력 따위로 무력화시킬 수 있는 수준의 힘이 아니라는 것을.

단번에 사람이든, 무엇이든 닿는 것을 없애버릴 수 있는 엄청난 힘이라는 것을.

아마도 이것이 트윈 코어의 힘일 것이다.

"……!"

고통의 강도가 인체가 버텨낼 수 있는 그 이상이 되어버리면, 터져 나올 비명조차 사라지게 된다.

비명을 내지를 힘, 의지마저 상실되기 때문이다.

규현은 순식간에 자신의 슈트와 피부를 녹이고 갈비뼈를 뚫고 들어오는 광선의 힘을 느낄 수 있었다. 너무 뜨거웠고, 너무 고통스러웠다.

그래서 아무 말도 내뱉을 수 없었다.

순간… 자신도 모르게 한 줄기 눈물이 눈가를 타고 흘러내리는 것을 느꼈다.

그리고 주마등처럼 블랙 헌터 클랜의 동료들과 함께 보내왔던 나날들과 비록 짝사랑했지만, 마음을 드러내놓고 표현하진 않았던 서희와의 즐거웠던 시간들이 머릿속을 스쳐 지나갔다.

동원을 처음 만났던 그날의 어색했던 기억도.

“리더, 반드시……!”

퍼엉!

“……!”

보고 싶지 않았던 광경이 눈앞에서 펼쳐졌다.

동원의 눈앞에서 규현의 몸이 산산조각 나며 사방으로 흩뿌려졌다. 짙은 피의 내음과 함께.

규현은 자신이 마지막으로 동원에게 해주고 싶었던 말조차 끝맺지 못하고, 그렇게 목숨을 잃고 말았다.

동원은 그제야 규현이 몸을 날려서라도 막으려 했던 이 엄청난 살인 광선의 정체를 깨달았다. 저 멀리 산 정상에 보이는 붉은 점이 그것이었다.

“아…….”

외마디 탄식이 동원의 입에서 터져 나왔다.

자신을 구하기 위해, 규현은 자신의 목숨을 걸었다. 그리고 마지막 인사를 남길 새도 없이 가루가 되어 흩어졌다.

더 이상 규현을 만날 수 없게 된 것이다.

동원의 옆을 보조하던 이정우와 김혁수의 표정도 굳을 수밖에 없었다.

눈 깜짝할 사이에 사라진 동료. 그 상실감은 전장에서 뼈가 굵은, 그래서 감정마저 무뎌진 그들에게도 큰 충격이었다.

가슴속 깊은 곳에서 울분이 솟구쳤다.

모든 이성을 내려놓고 광포한 힘을 내쏟고 싶은 생각이 가득해졌다.

규현은 사라졌다. 아니, 죽었다. 자신이 좀 더 주변을 살폈더라면 죽지 않았을 수도 있었다.

하지만 전투에 정신이 팔려 있었고, 이 때문에 자신을 구하기 위해 규현이 대신 목숨을 잃었다.

치밀어 오르는 분노를 참지 않고 쏟아내고 싶었다.

하지만 동원은 참고, 또 참고, 그리고 억눌렀다.

규현이 바랐던 것은 이런 것이 아닐 것이다. 억제력을 잃고 폭주하는 동원을 바라고 자신의 목숨을 버렸을 리 없다.

꾸우우욱.

부르르 떨리는 양손. 움켜쥔 두 주먹 끝에서 동원의 분노가 차가운 얼음처럼 굳었다.

그리고 동원의 두 눈에서 이전보다 더 강렬한 살기와 투지가 일었다.

"……."

냉랭한 침묵이 일고…

"끄억!"

"으으으억!"

여기저기서 이그라드 전사들의 비명이 터져 나왔다.

동원은 아무런 말도, 소리도 내지 않았다. 전사들 사이를 파고들며 쉴 새 없이 그들의 몸을 난타했다.

기사들에 의해 유지되고 있던 오라도 동원의 맹공이 순식간에 이어지자, 조금씩 걷혀 가기 시작하더니 이내 산산조각이 나며 사라졌다.

오라를 잃은 전사들은 평범한 전사들과 다를 것이 없었다.

눈에 훤히 보이는 전사들의 공격을 피하고, 얼굴과 가슴 언저리에 카운터펀치를 내뻗자 여기저기서 피를 토하며 전사들이 쓰러져 나갔다.

동원은 내친김에 아예 고위 기사들을 노리고 날아들었다.

순식간에 기사들이 정신을 집중하며, 동원의 머릿속을 교란시켰다.

하지만 버틸 만했다.

코어를 통해 단련된 육체와 정신력은 순식간에 집중된 다수의 간섭도 무시해 버렸다.

"히익!"

감정이 삭제된 기계를 보는 듯한 느낌.

순식간에 동원이 자신의 코앞까지 당도하자, 고위 기사가 자신도 모르게 겁에 질린 목소리를 냈다.

빠직, 빠직, 빠지지직!

동원의 표정엔 아무런 변화도 없었지만, 동원의 건틀릿 끝에서는 언제든 동원의 의지를 따라 쏟아져 나갈 강렬한 힘이 맥동하고 있었다.

퍼어어어어억!

"으끄아아아아악!"

정수리를 수직으로 내려친 동원의 힘은 그대로 고위 기사의 머릿속을 헤집어 놓았다.

그 순간, 고위 기사는 자신이 죽어가고 있다는 사실조차 잊어버린 채 온몸을 부르르 떨었다.

몸에 있는 모든 구멍으로 체액이 쏟아져 나오고, 콧물과 침이 질질 흘러내렸다.

그리고 강렬한 충격파에 녹아내린 내장 기관이 몸 전체의 피를 역류시켰고, 이내 진녹색의 피를 토해내며 고위 기사가 쓰러졌다.

"……."

방금 전까지 오라를 등에 업고 동원을 비롯한 스피어러들과 호각세로 싸우던 전사들은 달라진 상황을 직감했다.

규현의 죽음이 동원의 내면에 잠재되어 있던 코어의 힘을 다시 한 번 일깨운 것이다.

동원이 전사들의 방어벽을 뚫고 고위 기사들을 헤집어놓기 시작하자, 그들의 몸에 둘러져 있던 오라의 기운도 빠르게 약해졌다.

기사들은 근접전에 약했고, 강력한 힘을 바탕으로 그야말로 몸을 갈가리 찢어버리다시피 기사들을 도륙하고 있는 동원을 피해 도망칠 수밖에 없었다.

"돌파한다."

동원의 목소리는 짧고, 차가웠다.

모두가 대답 대신 조용히 고개를 끄덕였다.

신속하게 이정우와 김혁수가 붙었고, 규현의 죽음을 뒤늦게 확인한 뒤 눈물을 글썽이기 시작한 이유리가 눈물을 훔쳐 내며 뒤를 따랐다.

또다시 한 무리의 스피어러들이 이곳에 남았다.

시간차를 두고 양쪽 갈래 길에서 적들이 몰려오기 시작했고, 자리에 남은 스피어러들은 결연히 의지를 다진 채 묵묵히 몰려드는 적들을 상대할 준비를 했다.

* * *

정상으로 향하는 동안, 계속해서 정상 쪽에서는 시간을 두고 동원 쪽을 향해 광선을 발사했다.

위력적인 '살인 광선' 이었지만, 발사 직전까지 충전하고 조준하는 일정한 패턴이 있어 피하는 것은 어렵지 않았다.

오히려 동원은 그 광선을 이용해 자신에게 달라붙는 전사들을 정리했다.

변이체고 전사고 할 것 없이 광선에 노출되면 그야말로 휴지 조각처럼 온몸이 분해되어 사라졌는데, 그때마다 눈앞에서 죽어간 규현의 모습이 오버랩됐다.

무아지경에 빠진 듯, 동원은 시간의 흐름조차 잊은 채 묵묵히 싸우기만 했다. 살인 기계라는 표현이 어울릴 정도로.

인원은 계속 줄었다.

수백에서 백여 명, 백여 명에 수십, 그리고 동원이 정상에 다다랐을 때, 동원의 곁에는 단 두 사람만이 있었다. 이정우, 그리고 김혁수였다.

구르르르르르릉.

어디선가 몰려온 먹구름은 지로드 산 정상 언저리에 잔뜩 몰려 있었다.

당장이라도 비를 쏟아낼 것처럼 성난 소리를 냈지만, 비가 쏟아지지는 않았다.

"하아."

"참으로 처절한 광경이군요."

산 정상에서 내려다보이는 지로드 산맥 전체의 모습은 그야말로 시산혈해(屍山血海)였다.

밤이 되어 어두운 산을 두고, 밝게 불빛이 흘러나오는 곳 위에서는 전투가 벌어지고 있었다.

사방으로 피가 튀었고, 그때마다 누군가가 쓰러졌다. 그리고 폭음과 함께 먼지가 되어 사라지는 브리그 족의 모습도 눈에 들어왔다.

각지에서 격전이 벌어지고 있었다.

여기서 시간이 더 지체되거나, 한쪽만 무너지더라도 도미노 효과처럼 그 파장이 다른 곳으로 이어질 터.

배수의 진을 친 심정으로 연합군은 총력을 다해 싸우고 있었다.

그리고 계속해서 산 정상을 응시했다.

부디, 제발, 반드시. 동원이 트윈 코어의 힘을 획득하길 간절히 바라며, 연합군은 자신의 목숨을 아까워하지 않고 전력을 다해 싸우고 있었다.

제11장

아게로, 아제로

샤아아아.

"네놈이었군. 겁 없는 인간의 정체가."

"네놈의 목숨을 취할 수 있다면… 그것보다 더 큰 쾌락은 없겠지?"

동원과 두 사람이 지로드 산 정상 부근에 위치한 트윈 코어의 소재지인 동굴 쪽으로 이동할 즈음.

동원의 눈앞에 두 명의 존재가 연기처럼 모습을 드러냈다.

아주 약간의 이질감을 제외하고는 완벽하게 똑같이 생긴

쌍둥이였다.

짙은 회색 머리에 붉은 눈을 가진 두 존재는 앞서 만났던 이그라드의 전사들과 다른 체구를 가지고 있었다.

키도 동원과 비슷한 정도였고, 몸은 깡말랐다. 뼈 위에 겨우 살가죽만 얹어놓은 것 같은 느낌이 들 정도였다.

피부는 회백색이 감도는 가운데 털 하나 없이 매끈한 형태를 하고 있었다.

도대체 어떤 힘으로 싸우는 것일까?

적어도 육탄전은 아닌 것 같았다. 아니, 어쩌면 이런 마르고 작은 체형이 도움이 되는 특이한 전투 형태를 가지고 있는 것일지도 모른다.

동원은 다시금 머릿속을 스쳐 지나가는 규현에 대한 생각을 잠시 묻었다.

여전히 슬펐고, 참담했고, 아팠다. 하지만 잠시 규현을 머릿속에서 놓아주기로 했다.

자신이 흔들리면, 수많은 이들의 목숨이 걸린 이 전쟁은 끝장나고 만다. 그럴 수는 없었다.

파팟!

그리고 조용히 두 사람이 시야에서 사라졌다.

이어서 아무것도 보이지 않던 어둠 속에서 이곳을 지키는 전사들이 서서히 모습을 드러냈다.

"자, 가시죠. 여기는 저희가 맡겠습니다."

"동원, 아니 리더. 좋은 소식을 기대하지."

전사들이 나타나자, 이정우와 김혁수가 길목 한쪽에 자리를 잡고 동굴 방향을 응시했다.

"오빠… 그 어느 누구도 안으로 들어갈 수 없도록 전력을 다할게요."

이유리도 자리를 잡았다.

점점 나타나는 전사들의 수가 늘어나고 있었다. 그리고 멀리서 다가오고 있는 한 무리의 전사들도 보였다.

시간과의 싸움.

세 명의 스피어러가 수십이 넘는 전사를 상대로 완벽한 우세를 점할 수는 없었다.

단, 전장에서 잔뼈가 굵은 그들인 만큼 시간을 벌며 싸워 줄 수는 있을 것이다.

동원은 세 사람을 믿었다.

그리고 혹시나 세 사람에 생길지도 모르는 최악의 상황에 대해서는 생각하지 않기로 했다.

"간다."

동원이 짧게 말을 끊었다.

더 많은 말은 필요 없었다.

뒤도 돌아보지 않고, 미련 없이 발걸음을 내디뎠다.

그리고 자신을 조롱하듯, 잠시 모습을 드러냈던 쌍둥이의 뒤를 따라 동굴 안으로 들어갔다.

"……."

동굴 안에 들어선 동원은 마주할 수 있었다.

트윈 코어. 알베르가 말하던 힘의 근원이 두 개나 위치하고 있었던 것이다.

역시나 쌍둥이 둘은 트윈 코어에서 흘러나오는 붉은빛의 기운을 몸으로 흡수하며, 계속해서 스스로를 보호하고 있었다.

[아게로, 아제로]

쌍둥이들의 이름이 스피어 처리 장치에 표시됐다. 이름만 보아도 쌍둥이라는 사실을 인지할 수 있도록 통일된 이름이었다.

"더러운 이방인의 냄새를 맡게 될 것이라고는 예상치도 않았던 신성한 공간에서……."

"네놈과 같은 쓰레기 놈을 만났군."

아게로와 아제로는 동원에게 여지없이 적의를 드러냈다.

그것은 동원도 마찬가지였다. 계속된 강행군으로 몸의 피로가 누적되어 가고 있었지만, 그래도 버틸 만했다. 쓰러져 잠이 들더라도 지금은 아니고 싶었다.

"그렇게 코어의 노예가 되어서, 코어 밖으로 나서는 것마저도 겁을 먹어야 하는 네놈들의 운명이 참으로 불쌍할 뿐이지."

"후후, 우리가 선택한 운명인데, 네놈이 상관할 바인가?"

"얼마나 생각이 단순하면 자유를 빼앗기는 삶을 선택하는지… 왜 브리그 족의 코어를 네 종족이 빼앗으려 했는지도 알 것 같다. 그게 없으면 영원히 미개한 문명의 삶에서 벗어날 수 없었을 테니까."

"이 새끼가……!"

대화를 통한 탐색전이었지만, 생각보다 아게로와 아제로는 다혈질이었다.

동원의 도발에 쉽게 넘어오는 모습이었는데, 동원이 공격적인 멘트를 이어가자 자존심이 자극됐는지 격한 반응을 보였다.

차라리 신중한 것보다는 나았다.

동원이 오래전부터 늘 몸에 익혀왔고, 한때는 평생의 업으로도 삼으려 했던 직업, 복서.

복싱은 인내와 노림수의 싸움이다. 좀 더 신중하게, 차분하게 카운터펀치를 노리는 쪽이 이긴다.

감정에 휘말려 대중없이 공격을 퍼붓다간 상대의 노림수에 KO를 당하고 마는 것이다.

동원은 자신에게 수적 열세라는 불리한 부분이 있는 만큼, 적의 적극적인 공격을 유도하기로 했다.

아게로와 아제로는 평범한 이그라드의 전사가 아닌, 코어를 지키는 정예였다. 신중해야 했다.

"덤벼라. 너흰 두 놈이고, 난 하나다. 머리 하나가 더 많은데 이기지 못한다면, 그게 더 이상하겠지. 증명해 봐라, 얼마나 너희들이 잘난 실력을 가지고 있는지."

"소원대로 해주지!"

파팟! 팟!

말이 끝나기가 무섭게 아게로와 아제로의 공격이 이어졌다.

앞서의 만남에서도 확인했지만, 두 쌍둥이가 가진 공격 패턴의 특징은 바로 순간 이동이었다.

별도의 딜레이 없이 즉각적으로 이뤄지는 순간 이동은 상대의 눈을 현혹시키기에는 더할 나위 없이 좋은 수단이었다.

동원은 침착하게 이동 경로를 살폈다.

순간적인 위치 변화가 있기는 하지만, 결국 핵심은 이동하는 경로를 파악하는 건 어렵지 않다는 것이었다.

자신을 향해 접근해 오고 있다면, 순간 이동을 한다고 해서 뒤로 갔다가 앞으로 오거나 하지는 않는 것이다.

그 정도로 순간 이동 거리가 길지는 않았다. 한 번에 약 1m에서 1.5m 정도를 이동하는 식이었다.

"……."

동원은 침착하게 그들이 접근하기를 기다렸다.

1 대 2의 싸움은 당연히 하나인 쪽이 불리하다. 그리고 그 하나인 쪽이 적극적으로 대응할수록 더 불리해지기 쉽다.

파팟! 팟! 팟!

오고 있다. 아주 빠르게, 그리고 지그재그로 교차하는 형태로 접근하고 있다.

동원은 숨을 죽였다. 그리고 양쪽 건틀릿에 힘을 잔뜩 실었다.

체내 깊숙한 곳에서 끌어올린 강력한 힘을 양손에 모은 채, 조용히 그들이 접근하기를 기다렸다.

타격 가능한 거리까지 접근했지만, 동원은 좀 더 기다렸다.

단순한 데미지 교환으로는 힘들다.

시이이잉!

순식간에 동원의 코앞으로 거리를 좁힌 아게로가 날이 바짝 선 단검을 동원을 향해 내뻗었다.

그리고 단검이 동원의 얼굴 바로 앞에 도착하는 바로 그 순간!

휘익!

동원의 몸이 재빠르게 움직이며, 간발의 차로 아게로의 단검이 동원이 방금 전까지 있던 자리를 스치고 지나갔다.

카운터 조건이 발동됐다.

아게로는 자신의 공격이 빗나가자, 재빠르게 몸의 방향을 틀었다.

당연히 자신에게 동원의 반격이 이어질 것이라 예측했기 때문이다.

하지만 동원의 노림수는 다른 곳에 있었다.

퍼억!

"커헉!"

형인 아게로의 공격 동선을 방패 삼아, 동원의 빈틈을 노리려고 했던 아제로는 불시에 들어온 동원의 일격에 신음을 토해내며 나가떨어졌다.

엄청난 힘이 실린 일격을 정면으로 얻어맞은 아제로는 순간 정신이 아찔해지는 것을 느꼈다.

동원은 여기서 계획했던 대로 좀 더 승부수를 던졌다.

양쪽의 전투 능력이 100%인 현 상태에서는 시간이 흐를수록 동원 자신이 불리할 수밖에 없었다.

이 열세를 극복하려면, 상대의 전투력을 최대한 깎아놓

아야 했다.

동원은 바로 피니시를 준비했다.

1차 얼티밋을 조기에 사용하기로 마음먹은 것이다.

아직 아수라의 증오 중첩도 한참 모자랐고, 얼티밋 대기 시간을 초기화시키려면 전투가 얼마나 진행되어야 할지 알 수 없기 때문에 다시는 1차 얼티밋을 쓸 상황이 발생하지 않을 수도 있었다.

하지만 동원은 그것보다 상대에게 유효한 카운터를 더욱 강력하게 먹이는 것이 효율적이라 여겼다.

"……!"

동원이 얼티밋 캐스팅에 들어가자, 일순간 동원에게서 강렬한 기운의 긴장감을 느낀 아게로의 표정이 일그러졌다.

동원은 쓰러진 아제로를 향해 움직이려 하고 있었고, 아게로는 자신의 동생이 위험에 처했음을 직감적으로 느꼈다.

2 대 1의 싸움이라 유리하다고 생각했지만, 불의의 일격으로 빈틈을 내준 상황에서는 당연히 동생 아제로가 위험할 수밖에 없었다.

지금 이 상황은 수적 우세와는 별개였다.

"젠장!"

자신도 모르게 답답함이 섞인 목소리가 터져 나왔다.

아게로는 동원을 향해 빠르게 거리를 좁혔다. 그리고 자신의 동생을 노리는 동원의 등 뒤를 노렸다.

동원의 얼티밋인 피니시의 발동 조건과 그 위력을 알 리 없는 아게로의 위험한 행동이었다.

'걸렸다.'

동원은 확신했다.

자신이 가지고 있는 강점은 바로 자신이 가지고 있는 능력을 상대가 잘 알지 못한다는 것이었다.

이제 슬슬 이그라드 종족도 동원이라는 스피어러에 대해 인지를 하고 있기는 했지만, 그렇다고 해서 어떤 능력을 가지고 있고 어떤 식으로 전투를 치르는 것까지 알려져 있진 않았다.

그러기엔 동원과 이그라드 종족 사이에 생긴 접점의 시기가 길지 않았던 것이다.

쾌액!

동원이 방향을 틀었다. 갑작스런 방향 전환에 아게로의 표정이 굳었다.

하지만 이미 자신의 공격은 동원을 향해 이어지고 있었고, 이것은 멈출 수 없었다.

찰나의 순간, 아게로는 자신의 실수를 직감했다.

동원의 무표정한, 살기 어린 얼굴에서는 죽음의 공포까지 느껴졌다.

그리고… 찰나의 순간이 지나고 그대로 동원의 카운터 피니시가 아게로의 얼굴을 정면으로 강타했다.

뻐엉!

동굴 밖에서 싸우던 동료들도 그 소리를 들었을 만큼 엄청난 폭음이 터져 나왔다.

카운터가 적용된 피니시가 그대로 얼굴을 강타하자, 아게로의 코와 입에서 짙은 핏물이 쏟아져 나왔다.

아게로의 몸은 통제력을 잃고 하늘을 날았다.

트윈 코어의 힘이 몸을 감싸고 있었지만, 그 힘을 일거에 날려 버릴 만큼 엄청난 한 방이었다.

아게로와 아제로는 각각 트윈 코어에서 나오는 힘을 얻고 있었고, 동원은 이미 두 개의 코어를 손에 넣은 스피어러였다.

동원은 이어서 바로 쉐도우 카운터까지 전개했다. 동원이 조기에 자신의 힘을 끌어올린 이유는 단 하나. 수적 열세를 극복하고, 적들이 가장 자신에 대해 모르는 상태에서 가장 큰 타격을 주기 위함이었다.

이것은 리스크가 큰 승부수였다. 하지만 꼭 필요했다.

"크으으……."

동생 아제로가 몸을 일으키려 하고 있었다.

이 상태로 뒤에서 공격을 해오면, 그때는 또 동원 자신이 불리해진다.

동원은 방금 전의 카운터 피니시로 정신을 잃은 아게로에게 신속하게 붙었다.

트윈 코어의 힘이 지켜주고 있는 만큼, 언제 다시 정신을 차리고 반격을 가해올지 모른다.

시간은 제한적이었고, 그 시간 안에 승부를 봐야 했다.

동원은 포물선을 그리며 날아간 아게로의 몸 위로 올라탔다. 그리고 쉐도우 카운터가 발동된 상태로 아게로의 상체와 머리를 향해 맹공을 퍼부었다.

동원이 공격을 가할 때마다, 동원의 뒤에 형성된 그림자가 더욱 강력해진 일격으로 아게로를 강타했다.

뻐엉! 뻐억! 뻐어억! 뻑!

동원의 힘이 가득 실린 일격이 아게로를 내려칠 때마다 동원의 머릿속에서 수많은 사람의 얼굴이 떠올랐다.

첫 파티 플레이 당시, 변이체들의 웨이브를 막아내며 목숨을 걸고 싸웠던 스피어러들.

서울 스퀘어에서 벌어졌던 대규모 웨이브를 막아냈던 스피어러들.

그곳에서 변이체들에게 죽어간 스피어러들. 그리고… 자

신을 지켜주기 위해 목숨을 버린 규현까지.

퍽! 퍼퍽! 퍽퍽퍽! 퍽!

"크으으으……."

아제로가 몸을 일으키려 하고 있었다.

동원은 더욱 공격의 강도와 속도를 높였다.

동원이 건틀릿을 내려칠 때마다 강렬한 충격파가 아게로의 전신으로 퍼져 나갔다.

동원의 맹공에 정신을 잃은 아게로의 몸은 동원의 공격이 이어질 때마다 위아래로 들썩거렸다.

얼굴은 순식간에 형체를 알아볼 수 없을 정도로 넝마가 되어버렸고, 트윈 코어의 힘이 무의미하게 계속 흘러들어오고만 있었다.

"아아아아아악!"

동원이 자신도 어떤 의미인지 알 수 없을 괴성을 내지르며 아게로를 내려쳤다. 그리고 어느 순간부터인가 아게로에게서 느껴지던 생명의 기운이 느껴지지 않았다.

"…형."

아제로가 몸을 일으킨 것은 자신의 형이 동원의 맹공을 견뎌내지 못하고 숨을 거둔 직후였다.

동원의 승부수는 통했고, 이제 일대일의 싸움이 되었다.

형 아게로는 아제로에 비하면 전투 능력은 떨어졌다. 다만 현란한 움직임을 바탕으로 적의 시선을 교란시키는 것이 주 역할이었고, 그로 인해 생기는 빈틈을 아제로가 노리는 식이었다.

둘이 호흡을 맞춰 싸울 때 시너지 효과가 가장 좋았고, 그 점을 인정받아 트윈 코어의 관리자로 내정되었던 것이다.

그들은 이그라드 전사들 중에서도 최정예였다.

하지만 스피어러인 동원에게 형인 아제로가 죽임을 당했다.

코어 두 개의 힘을 손에 넣은 스피어러의 힘은 강력했고, 형은 속수무책으로 당했다.

아제로는 동원에 대한 두려움과 동시에 깊은 분노를 느꼈다. 너무 갑작스럽게 벌어진 상황이라 그런지, 아직까지도 형 아게로의 죽음이 실감 나지 않았다.

하지만 보였다.

트윈 코어의 힘은 더 이상 아게로에게 흡수되지 않고 있다. 즉, 그가 더 이상 살아 있지 않기에 트윈 코어의 힘도 그를 인지하지 못하고 있는 것이다.

"하아, 하아."

일순간 모든 힘을 끌어올렸기 때문인지 가쁜 숨이 몰아

쉬어졌다. 몸에서 짙은 무거움이 느껴졌다.

"후우."

동원은 여전히 가쁘게 몰아쉬어지는 뜨거운 숨을 토해내며 아제로를 노려보았다.

승부수는 통했지만…

아직 한 놈이 더 남았다.

"죽여 버린다."

"잔말 말고 덤벼라."

냉랭하고 차가운 아제로의 목소리가 동원의 귓전을 파고 들었다.

갑작스런 형의 죽음. 아제로는 애써 분노의 감정을 속으로 털어내며 최대한 평정심을 찾으려 하고 있었다.

트윈 코어의 힘은 이제 아제로에게 집중되고 있었다.

그래서인지 방금 전에 아제로와 아게로에게서 느껴지던 트윈 코어의 오라보다 더 강렬한 힘이 아제로에게서 느껴졌다.

어느새 아제로의 눈은 핏빛으로 물들어 있었고, 지면에서 살짝 떠오른 아제로의 두 발은 언제든 동원을 향해 달려나갈 준비를 하고 있었다.

그렇게 서로를 마주보고 있는 찰나의 시간.

동원은 지난 시간들이 주마등처럼 머릿속을 스쳐 지나가

는 것을 느꼈다.

처음 스피어라는 시스템을 접하게 되었던 그날, 김단비와 늘 그랬듯이 고단한 퇴근길을 걸으며 하루를 마무리하던 날이었다.

그날, 정말 많은 것이 달라졌다.

영화 속에서나 존재할 것 같던 상황들이 곧 현실이 됐고, 그날 이후로 매일을 생존을 목표로 한 경쟁 속에서 살아왔다.

그때만 해도 살아남는 것만 생각했지, 지금의 이런 상황들은 생각하지도 못했다.

내가 무엇을 위해 싸워야 하는지, 그 목적은 무엇인지, 이렇게 된 이유가 무엇인지… 어느 것도 알지 못했다.

그렇게 수많은 죽을 고비를 넘기고, 서울 스퀘어에서 있었던 빅 웨이브를 성공적으로 방어해 내고 나서야 알게 됐다.

변이체들, 그리고 그 뒤에 숨겨진 세력들의 거대한 실체를.

그 후 뒤도 돌아보지 않고 앞만 보며 달려온 시간들이었다.

많은 동료가 생겼고, 자신을 믿고 따르는 사람들이 생겼다.

언론과 매스컴에서는 연일 스피어러들에 대한 보도가 한창이었고, 능력이 없는 비 스피어러들은 스피어러들을 응원하고 격려했다.

그리고 기대했다. 비정상이 되어버린 이 현실을 바로 잡아주기를.

다시는 변이체들을 두 눈으로 보는 일이 없기를.

애꿎은 사람이 희생당하는 일이 없기를.

시끄러운 소리가 동굴 밖에서 들렸다.

수많은 생명체들이 한데 뒤엉켜 싸우는 죽음의 소리였다.

제12장

코어 획득

지로드 산맥 전체에서는 그야말로 혈투가 한창이었다. 가장 처참한 곳은 지로드 산맥 입구에 위치한 첫 번째 길목이었다.

지로드 산맥의 특수한 지형적 구조상, 산맥 전반에 위치한 이그라드 전사들이 집결하기 원활하도록 정해진 장소가 있었는데 그 장소가 바로 초입이었던 것이다.

각지에 흩어진 전사들이 갑자기 떠들썩하게 변한 산맥의 위기를 알아차리고 모여들기 시작하자, 산맥 입구는 그야말로 격전지가 되어버렸다.

처음에는 전선을 반으로 양분한 형태로 이그라드 족과 맞서는 연합군의 구도였지만, 시간이 흐르면서 샛길을 통해 지원군이 합류하면서 연합군은 모든 길목에서 포위된 형태가 되어버렸다.

퇴로가 없었다. 물러날 공간조차 없었다.

연합군은 제한된 공간에 갇혀 죽기 살기로 싸웠고, 이그라드 전사들은 활로를 뚫고 산맥 위에 있을 아군을 지원하기 위해 맹공을 퍼부었다.

시체가 겹겹이 쌓여 산을 이뤘다.

무리하게 진입을 하려다가 스피어러들에게 맹공을 받은 이그라드 전사들도 무사하지는 못했다.

죽은 동료들의 시체들을 밟고 그 위에서 싸웠다.

하지만 연합군이 포위된 상태에서도 어떻게든 버티고 버텨내자, 전세는 또 바뀌었다.

위쪽 갈림길에서 방어전에 성공한 연합군들이 지원을 온 것이다.

생각보다 해당 길목으로 합류한 전사들의 수가 적어 수적 우세를 이용해 승기를 잡은 뒤, 그대로 몰살시키고 내려온 것이다.

그러자 오히려 안팎으로 협공을 당하게 된 전사들이 수세로 몰렸다. 연합군은 악에 받친 상태로 전력을 다해 싸웠다.

모두가 지쳤고, 쓰러질 것 같았고, 당장에라도 숨이 끊어질 것처럼 힘들었지만 포기하지 않았다.

"리더, 그 녀석… 잘 싸우고 있겠죠?"

"후후, 의심할 사람을 의심해라, 케인. 그는 자신이 가진 역량, 그 이상을 발휘할 수 있는 사람이야. 믿지 못하면, 희망도 없다. 그 전까진 어떻게든 동원을 위해 시간을 벌고, 또 버는 것뿐이다. 하아아앗!"

데이비스와 케인은 동원이 있을 산 정상 언저리를 한 번 쳐다본 뒤 다시 전장으로 향했다.

케인은 움직임이 다소 불편한 데이비스의 옆을 보조하며 전사들과 싸웠다.

부상 중이었지만, 데이비스는 쉬지 않았다. 한 놈이라도 더 베어야 그만큼 동료들이 덜 목숨을 잃고, 동원에게 단 1초의 시간이라도 더 벌어주는 것이라 여겼다.

지금은 이것이 최선이었다.

* * *

"으음, 일이 이렇게 꼬일 줄은 몰랐는데… 피라미 새끼 같은 놈들 때문에……."

그 시각.

한 남자의 차가운 눈빛이 원탁 위에 펼쳐진 지도에 고정되어 있었다.

원탁 위의 지도에는 붉은색 표식들이 여기저기에 그려져 있고, 푸른색과 검은색의 화살표 모양들이 붉은색 표식들을 가리키는 형태로 그려져 있었다.

"어떻게 하실 겁니까, 로드?"

원탁 한쪽에 흑색 갑주로 몸 전체를 무장한 붉은 눈의 전사 하나가 그를 '로드'라는 이름으로 호칭하며 물었다.

그랬다.

눈앞의 존재는 바로 이그라드 전사들의 왕이자, 지도자, 그리고 이그라드 족의 거대한 정복 전쟁을 계획하고 구상했으며, 코어를 탈취하여 실행으로 옮긴 정복자 자그네트였다.

모든 것이 순조롭다고 생각했다.

코어를 이용해 차원의 문을 열었고, 지구가 타깃이 됐다.

지구는 그간 자신들이 찾았던 행성 중에서 가장 살기 좋은 윤택한 곳이었고, 큰 힘을 쓰지 않고도 정복할 수 있을 것 같았다.

하지만 가장 중요한 순간에 브리그의 로드가 훼방을 놓았다.

자유로이 이동할 수 있어 침략이 용이할 것이라 여겼던 지구가 브리그 로드의 안배로 인해 제한적인 침략이 가능한 환경이 되었고, 인간들은 변이체들에 대응할 수 있는 스피어라는 특이한 훈련 시스템을 갖추게 되었다.

여기서부터 꼬이기 시작했다.

지구는 그간 이그라드 족이 침략해 온 다른 행성들과 비교해 봐도 탐이 나는 곳이었다.

다른 행성들은 오랜 전쟁으로 이미 황폐해져 쓸모가 없게 되어버렸거나, 끝이 보이는 행성들이 대부분이었다.

하지만 지구는 자원부터 시작해서 공기까지, 모든 조건이 맞았다.

이그라드 족이 넘어가 새로운 터전을 꾸리기엔 그곳보다 좋은 곳이 없었던 것이다.

브리그 로드의 훼방으로 침략 계획이 지연됐다.

코어의 힘을 충전해 포탈을 둘러싼 결계를 풀어야만 했고, 그 과정에서 충전된 힘 중에서 상당한 코어의 힘이 매번 소진됐다.

그리고 변이체들은 제한된 시간에 포탈을 통해 넘어가 싸웠다.

변이체들은 강력했지만, 새로운 문명을 접하게 된 스피어러들은 그 이상으로 잘 싸웠다.

결국 자그네트는 화살의 방향을 돌려 종족의 모든 역량을 브리그 족을 소탕하는 데 사용하기로 했다.

그렇게 브리그 족의 심장부까지 파고들다 보면 로드와 닿을 것이고, 스피어 시스템을 무력화시킬 수 있을 것이라 본 것이다.

하나 브리그 족은 계속해서 후퇴하고, 방어선을 재구축하고, 게릴라전을 펼치며 이그라드 족을 괴롭혔다.

그렇게 시간을 끄는 사이, 스피어러들이 드디어 포탈을 넘어 아도네스 행성으로 합류했다. 전세가 역전된 것이다.

이때까지만 해도 자그네트는 해볼 만한 싸움이라 생각했다.

여전히 자신의 전사들은 강했고, 변이체들을 생산해낼 수 있는 코어의 힘은 무한했다.

그러나 스피어러 중 하나가 아직 발견하지 못했던 코어의 힘을 손에 넣으면서 얘기가 달라졌다. 그리고 아차 하는 사이에 두 번째 코어의 힘을 빼앗겼고, 설마설마하는 사이에 트윈 코어까지 날아갈 판이었다.

한 종족의 제왕이라 불리는 그도 모든 변수를 염두에 둔 것은 아니었고, 그것이 지금의 상황이었다.

지로드 산맥이 위험에 빠졌다는 사실을 전해 듣고 지원군을 보냈지만, 자그네트는 상황을 낙관적으로 보지는 않았다.

"트윈 코어까지 넘어가게 되면, 그 인간은 네 개의 코어가 가진 힘을 손에 넣게 된다. 브리그 족의 꼼수지만, 가장 강력한 수이기도 하다. 그놈은 단숨에 우리를 위협할 엄청난 실력을 가지게 될 거다."

"추가로 지원군을 보낼까요?"

"이미 늦었다. 그 정도의 시간이면 어떻게든 판가름은 날 거다. 무리해서 들어온 그놈들이 모두 죽어나가든지, 아니면 지로드 산맥에 있던 나의 전사들이 모두 죽어나가든지 둘 중에 하나겠지."

"저희들을 보내주십시오."

"아니, 지금 우리가 생각해야 할 문제는 그런 것들이 아니다. 그런 게 아니야……."

자그네트가 자신의 눈앞에 놓여 있는 코어를 어루만졌다. 이 코어가 이그라드 족의 번영기를 가져다주었지만, 지금은 오히려 가장 큰 위협이 되고 있었다.

브리그 족은 손에 넣을 수 없었지만, 인간들은 달랐다.

스피어러는 이 힘을 자신들처럼 흡수할 수 있었고, 동원이 바로 그 대상이 되었다.

"……."

자그네트는 한참을 아무 말 없이 코어에 시선을 집중한

채 서 있었다.

그를 보좌하는 일곱 명의 전사가 고개를 반쯤 숙인 채 로드 자그네트가 결정을 내리길 기다렸다.

그는 항상 합리적으로 판단했고, 신중했다.

늘 그랬듯이 이번에도 가장 자신의 종족에게, 그리고 자신에게 도움이 될 수 있는 방향으로 결정을 내릴 것이다. 그 믿음에는 변함이 없었다.

그렇게 얼마나 정적이 흘렀을까.

결심을 내린 듯, 눈조차 깜박이지 않고 시선을 고정하고 있던 자그네트가 고개를 들었다.

그리고 지도 위에 보이는 거대한 붉은 점 세 개를 동시에 가리켰다.

일곱 전사들의 시선이 일제히 자그네트에게로 향했다. 그리고 굳게 다물어져 있던 자그네트의 말문이 열렸다.

"남은 코어의 힘 세 개를 내가 흡수한다. 그렇게 되면 제아무리 그놈이라 하더라도, 앞으로의 전투를 쉽게 풀어나갈 수는 없게 되겠지."

"하지만 로드, 그렇게 되면 더 이상 변이체들은 생산할 수 없게 됩니다. 공략에 차질을 빚게 되지 않겠습니까?"

"어리석은 소리. 이미 저놈들은 차원을 넘어 아도네스 행성으로 들어왔어. 저놈들도 처리를 하지 못하고 있는데, 공략이 무슨 의미가 있단 말이냐. 반대로 저놈들은 스피어를 통해 단련되어 넘어온 정예들이야. 저놈들이 죽으면 지구에 남는 건 아무것도 없다. 그땐 변이체들도 필요하지 않아. 우리가 직접 넘어가면 되는 것이다."

"……."

부하들은 아무 말도 하지 않았다.

완벽한 수긍인 것이다.

자그네트는 정확히 현재의 스피어러-브리그 연합군이 가진 힘의 특징을 꿰뚫고 있었다.

이들에게는 뒤가 없었다.

지금 아도네스 행성으로 넘어와 있는 스피어러들, 그리고 이들과 연합한 브리그 족을 몰살시킬 수만 있다면.

그다음은 무주공산이 된 그들의 세계만이 남게 되는 것이다.

"하아."

짧은 호흡을 하고…

자그네트가 미련 없이 코어를 움켜쥐었다.

"설마."

그리고 같은 시각.

지로드 산맥 중턱에서 격전을 벌이던 알베르는 자신이

느끼고 있던 다른 코어의 기운 중 하나가 소멸되는 것을 느꼈다.

"사라졌다. 코어의 기운이 사라졌어. 트윈 코어의 기운을 제외하고, 가장 강력했던 기운 세 개 중에 하나가 사라졌다."

"코어의 기운이 사라졌다는 것은……."

"자그네트가 '선택'을 했다는 이야기네."

알베르의 표정이 굳었다.

예상하지 못했던 일은 아니었다.

코어의 힘을 로드인 자그네트가 흡수하지 않고 남겨두었던 것은 그것이 더 효율적이기 때문이었다.

자그네트가 코어의 힘을 모두 얻어 절대적인 힘을 가진 1인의 존재가 되기보다는 이를 이용해 차원의 문을 열고, 새로운 행성을 식민지로 개척하는 것이 이득이었기 때문이다.

하지만 코어의 기운 하나가 사라지고 말았다.

트윈 코어의 힘은 아직 살아 있었고, 동원이 아닌 다른 스피어러가 코어의 힘을 손에 넣었을 리도 만무했다.

게다가 알베르가 느낀 사라진 코어의 힘은 바로 자그네트가 있는 죽음의 탑에 있을 그 코어의 힘이었다. 자그네트가 힘을 흡수한 것이다.

알베르가 말한 선택은 바로 그것이었다.

자그네트가 코어의 힘에 손을 대지 않고 계속해서 변이체를 생산하면서 장기전으로 돌입할지, 그러지 않고 자신이 그 힘을 흡수하여 강성해지고 있는 동원을 상대할지에 대한 부분이었다.

선택은 후자였다.

알베르의 표정이 어두워진 것은 내심 전자를 선택하길 바랐기 때문이었다.

지금 브리그 족도 브리그 족이지만, 스피어러들은 거듭된 전투로 인해서 피로가 상당히 누적된 상태였다. 이들에게 필요한 것은 휴식이었다.

이번 지로드 산맥에서의 전투가 끝나고 나면, 전열을 정비하기 위해 빠르게 전력을 후퇴시킨 뒤, 재정비할 시간을 가지게 할 요량이었다.

하지만 이렇게 되면 이야기가 달라진다.

힘을 손에 넣은 자그네트는 죽음의 탑에서 더 이상 머물러 있지 않고 움직이기 시작할 것이다.

코어를 지킬 필요가 없어졌으니, 코어를 중심으로 뭉쳐 있는 전사들도 어디든 보낼 수 있는 것이다.

"지금으로선 트윈 코어의 힘을 손에 넣는 게 우선입니다. 대장로님, 이미 벌어진 일이라면 최상의 상황에서 싸움판이 열리길 바라야겠지요."

"그래, 자네의 말이 맞네."

알베르가 옆에서 자신을 호위하며 싸우던 장로 메카토의 말에 답했다.

메카토의 말이 정답이었다. 이미 벌어진 상황은 되돌릴 수 없다.

그렇다면 남은 것은 이제 그 어느 누구에게도 흡수되지 않은 코어의 힘을 동원이 차지하는 것, 그것뿐이었다.

코어를 두고 벌어질 쟁탈전은 이번 전투가 마지막인 것이다.

*　　*　　*

'정말 빠른 움직임이다.'

"후우. 하아. 후우. 하아."

뚝. 뚜뚝. 뚝.

동굴 안.

트윈 코어에서 뿜어져 나오는 붉은빛이 가득한 동굴 안에는 동원과 아제로의 몸에서 흘러내리는 핏방울들이 모이고 모여, 핏줄기가 되어 지면을 타고 흘러내리고 있었다.

아게로와 아제로가 나눠서 받고 있던 트윈 코어의 힘이

아제로에게 집중되면서, 확실히 아제로는 상대하기 껄끄러운 인물이 됐다.

그의 전매특허와도 같은 순간 이동 공격은 동원의 탁월한 동체 시력에도 불구하고 반 박자 정도 늦게 흐름을 읽는 경우가 많았다.

게다가 아게로를 제거하기 위해 필요한 핵심 기술들을 모두 쏟아붓고 나니, 아제로를 상대할 수 있는 얼티밋이 없었다.

아수라의 증오 중첩을 쌓기에는 유효타의 수가 많지 않았고, 번번이 4~5중첩 대에서 끊기며 리셋됐다.

아제로는 단타 위주로 동원을 끊임없이 괴롭혔고, 동원은 일격필살을 노렸다.

카운터 위주로 아제로의 빈틈을 노렸는데, 움직임이 빨라 공격 포인트를 잡는 것이 쉽지 않았다.

그래서 동원은 유인책을 썼다.

양쪽이 소극적이어서는 전투가 의미 없는 소모전으로 가게 된다.

동원이 원하는 그림은 아니었다.

카운터는 상대가 공격적으로 나올 때 빛을 발하는 것이고, 그러기 위해서는 아제로를 적극적으로 전투에 임하도록 유도해야 했다.

그래서 동원은 의도적으로 자신의 빈틈을 보여주었다.

하이 리스크 하이 리턴이 될 수 있는 방법을 선택한 것이다.

아니나 다를까, 아제로는 집요하게 동원이 보인 빈틈을 노렸다.

그리고 날카로운 아제로의 검날이 동원의 몸에 상처를 입혔을 때, 동원 역시 기어코 자신에게 가까이 접근해 온 아제로에게 유효한 카운터 공격을 먹였다.

지금의 결과물은 이와 같은 전투의 반복이 만들어낸 것이었다.

지금까지 반복된 전투로 누적된 피로에 몸의 상처까지 더해지자, 확실히 그동안 초인적인 힘으로 버텨온 동원의 몸에도 무리가 오기 시작했다.

그것은 아제로도 마찬가지였다.

형의 복수를 하고 싶었다. 냉정하고 싶었지만, 눈앞에서 망인(亡人)이 되어버린 형을 보고도 초연할 수는 없었다.

점점 차갑게 식어가고 있는 형의 육신이 여전히 동굴 한편에 자리 잡고 있었다.

눈앞의 이놈을 죽이고, 형의 복수를 하고 싶었다. 동시에 로드 자그네트가 형제를 믿고 맡겨 준 이 트윈 코어를 절대 내어주고 싶지 않았다.

그래서 적극적으로 전투에 임했고, 그 과정에서 몇 차례의 공격에 노출되며 큰 부상을 입었다.

점점 숨은 가빠지고 있었고, 정신의 집중이 잘되지 않아 빠른 이동 공격이 버거워지고 있었다.

흘러내리는 핏물의 양은 벌어지는 상처만큼이나 점점 늘어났다.

“왜… 너희들은 우리를 공격하는 거지?”

“대답할 가치조차 느끼지 못하겠군. 간다!”

아제로가 숨을 돌리며 동원에게 묻자, 동원이 냉랭한 목소리로 그의 말을 받으며 입술을 질끈 깨물고 아제로에게 향했다.

이 지독한 악연의 첫 시작을 만들어낸 것은 브리그 족도, 인간도 아니었다.

이그라드 족, 그들의 로드 자그네트였다.

이제 와서 마치 애꿎은 전쟁의 희생양이라도 된 것처럼 구는 아제로의 모습이 역겨워 견딜 수 없었다.

동원은 당장에라도 몸이 무너질 것처럼 피로가 천근만근이었지만, 다시금 투지를 다지며 아제로에게로 달려들었다.

이제는 난타전이었다.

동원도 기민하게 모든 공격을 피해가며 맞받아칠 체력이

없었고, 아제로 역시 신출귀몰하게 전후좌우로 이동을 해가며 공격할 만한 집중력이 부족했다.

마치 무아지경에 빠진 것처럼 동원은 정신없이 공격을 퍼부었다.

자신을 향해 집중되는 아제로의 공격은 디펜시브를 이용해 최소한의 피해로 막아내는 가운데, 아제로의 몸에서 가장 불편해 보이는 왼쪽 어깨 언저리를 집요하게 노렸다.

동원의 첫 공격을 받고 쓰러진 아제로가 가장 큰 상처를 입은 부위였기 때문이다.

동원이 집요하리만치 부상 부위를 파고드는 공격을 펼치자, 아제로도 기를 쓰고 방어하기 위해 온 힘을 다했지만 결국 약점을 내주고 말았다.

아제로도 자신의 약점을 보호하기보단 오히려 동원의 빈틈을 공략하기 위해 매서운 반격을 하는 것으로 가닥을 잡았고, 동굴 안에서 소리가 날 때마다 사방으로 피가 튀었다.

난격(亂擊). 동원은 맹공을 퍼부었다.

자신의 몸 여기저기를 난자하고 있는 아제로의 공격은 신경조차 쓰지 않았다.

이유는 하나, 아제로를 완벽하게 끝낼 수 있는 수단을 손에 넣기 위해서였다.

아제로가 평범한 이그라드 전사였거나 적당히 상대해 볼 만한 적이었다면, 동원도 싸움을 어렵게 끌고 가지는 않았을 터.

하지만 엄밀히 말하자면 현 시점에서 아제로는 동원과 같이 두 개의 코어를 힘의 바탕으로 두고 있는 상대였다. 그래서 껄끄러웠다.

동원은 유효타 위주로 공격을 가져간다 하더라도 상황이 불리함을 직감했고, 더불어 지로드 산맥에서의 전투가 장기전으로 갈수록 전세 자체가 연합군에게 불리하게 돌아갈 것임은 충분히 예측 가능했다.

"으아아아아아!"

"…크윽."

동원이 고통을 속으로 삼키며, 아제로의 공격을 받아냈다.

디펜시브로 최소한의 상처와 데미지를 입도록 필사적으로 노력했다.

그리고 자신도 공격을 퍼부으며, 아수라의 증오가 분노로 바뀌고 이내 모든 기술의 초기화가 이뤄지길 기다렸다.

숫자 9가 표시되고, 드디어 마지막 중첩을 향한 기다림이 시작됐다.

어느새 시간이 지나고, 중첩의 유지 시간도 10초밖에 남지 않았다.

여기서 또 한 번 중첩을 만들어내지 않으면, 다시 제로 베이스에서 시작해야 했다.

"크아아아아아아아아!"

동원이 일갈하며 공격의 속도를 높였다.

이미 슈트는 너덜너덜해진 지 오래였고, 동원이 적극적으로 방어한 급소를 제외한 몸의 이곳저곳에서는 붉은 피가 계속해서 흘러내렸다.

파앗!

그렇게 맹공을 퍼붓기를 몇 초.

아수라의 증오가 아수라의 분노로 바뀌었다.

동원은 멈추지 않고 공격을 이어갔다.

파워 웨이브가 작렬하자 그 충격파로 인해 아제로가 뒤로 밀려나갔고, 독이 오른 아제로가 다시 달려들었다.

'지금이야.'

그 순간, 기술의 초기화가 이루어졌다.

시이이잉!

독기가 잔뜩 오른 아제로의 단검이 동원의 심장을 노리고 날아들었다.

피니시를 위한 차징, 그리고 회피. 카운터가 발동됐다.

동원의 두 눈에 살기가 감돌고.

아슬아슬하게 동원의 옆을 아제로의 검이 스치고 지나갔다.

그리고 동원의 표정이 변했다.

힘이 가득 실린 피니시의 강력한 한 방이 핏물이 뚝뚝 떨어지고 있는 건틀릿에 실려 아제로에게로 향했다.

샤아아아아!

동시에 쉐도우 카운터까지 활성화됐다.

일격은 한 번이어야 했고, 그 한 번으로 모든 것을 끝낼 수 있어야 했다.

여기서 더 이상의 전투는 위험했다.

자신이 죽거나, 아니면 아제로가 죽거나. 둘 중 하나로 끝을 보아야만 했다.

"이 새끼……!"

순간 자신에게 닥친 위험을 본능적으로 직감한 것일까?

살기 가득한 동원의 눈빛을 정면으로 마주 본 아제로가 욕을 내뱉었다.

하지만 뒤늦은 깨달음이었다.

매섭게 파고드는 동원의 강력한 일격을 피하기에는 아제로의 체력 소모가 너무 심했고, 이는 트윈 코어의 힘으로도 메꿔질 수 있는 수준이 아니었다.

이미 동원과 아제로는 코어의 힘이 무력해질 정도로 지

독한 난타전을 주고받은 상태였다.

"아."

그 순간, 체념한 듯 아제로의 탄성이 터져 나왔다.

그리고…

빠어어어엉!

바로 동원의 피니시가 그대로 아제로의 왼쪽 가슴을 정면으로 가격했다.

엄청난 힘이 실린 최후의 일격이었다.

"……!"

아제로는 느낄 수 있었다.

자신의 가슴에서부터 시작해서 갈비뼈가 가루가 되듯 부서져 나가며, 생명의 끈이 동시에 끊어져 나가는 것을.

콰아아아앙!

포물선을 그리며 날아간 아제로의 몸이 동굴 벽면에 강하게 부딪치고, 이어서 통제력을 잃은 아제로의 뒤통수 역시 벽면에 아무런 완충 효과 없이 그대로 부딪쳤다.

아제로의 뒤통수에서도 피가 튀었고, 허여멀건 뇌수가 여과 없이 뒤통수의 상처를 타고 흘러나왔다.

끝이었다.

눈을 부릅뜬 채, 아제로는 마지막으로 본 동원의 모습을 두 눈에 간직하고 그대로 숨을 거뒀다.

트윈 코어의 주인이 바뀌는 순간이었다.

*　　*　　*

"아제로와 아게로가 죽었다."

그 시각.

얼마 전 알베르의 표정이 변했듯, 자그네트의 표정도 흙빛으로 변했다.

아직 흡수하지 않은 코어의 힘을 흡수하던 중 사라진 트윈 코어의 힘을 느낀 것이다.

이제는 최후를 앞둔 전면전을 피할 수 없게 되었다.

제13장

운명(Destiny)

"……"

꿈을 꾸었다.

꿈속에서 동원은 규현을 만났다. 규현은 환한 표정으로 자신과 악수를 나누고 있었다.

"형님, 고생하셨습니다. 드디어 끝났습니다. 이제 이 지긋지긋한 스피어러의 삶도 끝났습니다. 저는 예전부터 하고 싶었던 바텐더 일을 꼭 해보려고요. 칵테일 정말 좋아하거든요."

규현은 자신에게 기분 좋은 목소리로 그렇게 말했다. 정말 기뻐하는 모습이었다.

규현의 말대로 더 이상 스피어는 보이지 않았다.

한시라도 놓치지 않고 자신을 따라다니던 스피어가 더 이상 보이지 않았던 것이다.

'꿈이야.'

하지만 동원은 알고 있었다. 이 모든 것이 꿈이라는 것을.

아직 끝나지 않은 전쟁에 대한 기억은 꿈속이어도 그대로였고, 동원은 잊지 않고 있었다.

꿈에서 깨어야겠다고 생각했다. 그리고 기억을 되짚었다.

아제로가 죽었고, 자신은 당장에라도 무너질 것 같았던 몸을 이끌고 가서 트윈 코어에 손을 갖다 댔다.

힘의 흡수가 시작됐다.

일순간 기운이 밀려들어 오면서 엄청난 고통이 몸 전체를 감쌌지만, 역설적으로 그 고통만큼 몸이 빠르게 치유되기 시작했다.

그래서인지 아프면서도 편했다. 양립할 수 없는 감정의 공존이었다.

그렇게 트윈 코어의 힘까지 자신의 것이 되었고, 이제 자신에게는 네 개의 코어가 지닌 힘이 주어졌다.

일개 스피어러나 브리그 족 전사, 이그라드 족의 전사는 더 이상 상대가 될 수 없을 정도의 강력한 힘을 얻었다.

그만큼 어깨를 짓누르는 책임감은 더욱 무거워졌다.

트윈 코어의 힘을 얻고, 몸의 회복이 살짝 된 상태였지만, 정신은 몽롱했던 것 같았다. 그래서인지 그 이후의 기억이 단편적으로 남았다.

동원은 그길로 동굴을 나섰고, 동료들과 지로드 산맥의 대로를 따라 내려가며 눈앞을 가로막는 모든 이그라드 전사들을 죽였다.

시작과 중간만 기억이 났다.

동원은 무언가에 홀린 것처럼 전사들 사이를 누비고 다니며 그들의 목숨을 취했고, 익숙했던 동료나 부하의 얼굴들이 싸늘한 시신으로서 보일 때마다 더욱 독기를 품고 적들을 죽였다.

그리고 산맥의 초입 언저리에 다다랐을 즈음부터 기억이 나지 않았다.

쓰러졌거나, 혹은 기억에서 지워진 것 같았다.

"규현아, 미안하다."

동원은 꿈속에서 자신에게 천진난만하게 이야기를 하고 있는 규현을 꼭 끌어안아 주었다.

"아닙니다, 형님. 우리는 한 발 더 나아갈 수 있게 됐습니다. 비록 같이 서로를 마주보며 있을 수는 없겠지만, 보이지 않는 곳에서 동료들의 멋진 활약을 기대하며 지켜보겠습니다."

"이리 와라, 안아 보자."

"후후, 이런 포옹은 누님이랑 하길 바랐는데. 이것도 나쁘진 않겠다는 생각이 드네요. 예."

동원이 규현을 꼭 끌어안았다. 규현도 동원을 끌어안은 채 한참을 가만히 있었다.

어느새 동원의 어깨 언저리에서 뜨거운 무언가가 느껴졌다.

규현의 눈물이었다.

"꼭, 승리하십시오. 형님."

그리고… 서서히 규현의 모습이 시야에서 사라져 갔다.

이내 환했던 주변의 광경들이 모두 사라지고, 황량한 사막만이 남았다.

그 위에는 동원 혼자만 외로이 자리하고 있었다.

일어나자. 일어날 시간이다.

동원은 그렇게 생각했다.

그리고 눈을 떴다. 꿈에 취해 있고 싶진 않았다.

*　　*　　*

눈을 뜬 동원이 마주한 것은 자신이 살던 원룸의 천장이었다.

예전까지만 해도 익숙했던 광경이지만, 언제부터인가 집에서 편히 쉬는 것도 사치처럼 되어버리면서 좀처럼 보지 못했던 자신의 집이었다.

포탈을 통해 돌아온 모양이었다. 아마도 동료들의 부축을 받거나 해서 돌아왔을 터.

동원은 우선 서희를 비롯한 동료들에게 연락을 하기 위해 몸을 일으켰다.

"오빠, 일어났어요?"

"응. 방금. 유리, 언제부터 있었던 거야?"

"오빠가 잠들었을 때부터 있었어요. 처음에는 열도 정말 많이 났고, 상처도 심한 곳이 꽤 있어서 여기저기 연고도 바르고 할 게 많았어요. 오빠의 몸은 참 신기해요. 그 깊은 상처들이 그사이에 또 빠르게 회복될 줄이야."

"으음……."

동원이 탈의 상태로 있는 자신의 상체 여기저기를 어루만졌다.

이유리의 말대로 아제로와의 전투에서 났던 크고 작은 상처들이 꽤 아물어 있었다.

거짓말처럼 아무 흔적 없는 피부가 된 것은 아니지만, 그래도 이 정도면 괜찮았다.

딱히 고통이 느껴지지도 않았다.

"유리, 고생했어. 피곤하면 쉬어도 괜찮아. 나 때문에 너무 많은 고생을 한 것 같다."

이 정도면 꽤 긴 시간을 옆에서 긴장하고 붙어 있었어야 할 것이다.

하지만 이유리는 어깨를 으쓱이며 동원의 말을 받았다.

"괜찮아요. 틈날 때마다 오빠 옆에서 계속 잤으니까. 오빠 팔 좀 빌려서 썼어요. 내 걱정은 하지 말고, 오빠 몸이나 걱정해요."

자신을 보며 환하게 미소 짓는 이유리의 얼굴을 보니 한결 마음이 놓였다.

그녀가 안전하다는 것에 대한 안심이기도 했고, 동시에 그녀를 슬프게 만든 일이 없었을 것 같다는 것에 대한 안심이기도 했다.

동원은 몸을 반쯤 일으켜 세우고, 벽에 기대어 앉은 채로 옆의 선반 위에 놓여 있던 담배를 입에 물어서는 바로 불을 붙였다.

실로 오랜만에 붙여보는 담뱃불이었다.

라이터 소리가 들리자 이유리가 설거지를 하다가 홱 고

개를 돌렸다.

동원이 담배를 피우는 것을 싫어하는 이유리였지만, 이 번만큼은 뭐라 하고 싶지 않았다.

때때로 담배를 피는 사람들에게는 꼭 담배를 피워야만 복잡한 머릿속이 정리되는 시간이 있다고들 하니까.

동원도 딱 한 대만, 이라는 생각으로 담배를 입에 물고는 연기를 쭉 들이켰다.

씁쓸했고, 뜨거웠으며, 개운했다. 역시나 공존할 수 없을 것 같은 느낌의 결합이다.

담배는 그런 묘한 매력이 있다.

동원은 필터 끝이 보일 때까지 담배를 쭉 태우고 나서야 자리에서 일어섰다.

여유는 이 정도면 충분했다.

여전히 시간은 흐르고 있고, 모든 시간은 스피어러와 브리그 족에게 불리하다.

"…왜 시간이 멈춘 거지?"

바로 그때.

동원이 방 안에 자신을 따라 놓여 있던 스피어에 표기된 시간을 보고는 고개를 갸웃거렸다.

정확하게 말하자면 시간이 멈춘 게 아니라, 0이 되어버렸다.

대기 시간이 0이 된 것이라면 상관없었다.

하지만 절대 시간이 0이 된 것이라면 얘기가 달라진다.

대기 시간이 0이 된 것은 입장이 가능해졌음을 뜻하는 것이지만, 반드시 입장해야 하는 시간을 의미하는 '절대 시간' 이 0이 되었다는 것은, 왜?

동원은 이유리에게 잠시 스피어에 들어갔다 오겠다고 말을 하려다가, 바로 스피어를 손에 움켜쥐었다.

어차피 스피어 안에서는 현실의 시간이 멈춘다. 다녀와서 이야기를 해도 늦지 않을 것이다.

* * *

"오셨군요."

선택의 통로 안으로 들어서자, 시온이 자연스럽게 말을 걸었다.

시온은 늘 같은 모습으로 이 자리에서 동원을 맞이했다.

그도 결국은 로드가 만들어 낸 스피어 시스템의 일부였지만, 아무런 지능이나 감정이 없는 기계 같다는 생각은 해본 적이 없었다.

브리그 족의 존재를 알게 된 이후로는 브리그 족 중 누군가가 이런 역할을 하는 것은 아닌가 싶기도 했다.

실제로 스피어 안에서 만났던 암상인 개린드를 실제로 부락에서 보기도 했었으니까.

"왜 절대 시간이 표시되지 않는 거지? 모든 스피어러가 그렇게 된 건가?"

"아닙니다. 당신에게만 달라진 변화이지요."

나의 물음에 시온은 차분하게 답했다.

마치 내가 이런 질문을 할 때가 언젠가 오리라는 것을 알고 있었다는 듯이.

"설명해 줘. 내가 들어야 할 모든 것을."

"그렇게 하겠습니다. 우선 가장 중요한 것부터 말씀을 드리겠습니다. 앞으로 당신은 더 이상 스피어 시스템 내에 존재하는 퀘스트를 수행할 필요가 없습니다. S랭크인 당신은 이제 더 이상 훈련이 필요한 존재가 아닙니다."

"S랭크?"

"코어의 힘이 당신의 힘과 능력, 그리고 랭크를 끌어올렸습니다. 당신에게 필요한 것은 생존을 위해 수행해야 하는 훈련 같은 것이 아닙니다. 오로지 실전, 그 외에는 어떤 것도 없습니다."

"퀘스트가 사라졌다라……."

전혀 생각지도 못했던 상황까지는 아니었다.

과거에 스피어 속에서 수많은 퀘스트를 수행하면서 동원

이 느꼈던 것은 분명히 언젠가는 이 퀘스트의 끝이 있을 것이고, 그때부터가 진정한 전투가 시작될 것이라는 점이었다.

하지만 이런 형태일 것이라고는 생각지 못했다.

"이제 더 이상 당신은 스피어에 의해 시간에 구애받는 일이 생기지는 않을 것입니다. 앞으로 스피어는 당신이 전투나 채집 등을 통해서 얻은 스피어를 포인트로 교환할 수 있게 하고, 필요한 무기나 몸의 변화를 만들어내는 역할을 할 것입니다. 즉, 과거의 역할에서 퀘스트가 빠진 셈입니다. 앞으로는 자유로이 언제든 출입이 가능합니다."

존재 자체를 원망하기도 했던 스피어 시스템으로부터의 해방이었다.

물론 그 해방이 완벽한 자유를 의미하지는 않았다.

전쟁은 여전히 진행 중이다.

단, 지구라는 현실 세계로 돌아왔을 때만큼은 더 이상 목숨을 건 퀘스트에 얽매이지 않아도 되는 것이다.

"한 가지 더 말씀을 드리자면, 우리가 보유한 코어의 개수가 적이 보유한 코어의 개수를 역전하면서 스피어 시스템에도 변화가 생겼습니다. 당신은 이미 S랭크가 되었고, 다른 모든 스피어러들도 적게는 랭크 반 단계에서 많게는 랭크 두 단계까지의 변화가 있을 것입니다."

"그 말은 스피어러들의 능력에 전반적인 상향이 있을 것이라는 이야기인가?"

"그렇습니다. 스피어에 안배되어 있던 시스템 중 하나이기도 합니다."

좋은 소식이었다.

스피어러 개개인의 능력이 향상된다는 것은 그만큼 이그라드 족과의 전면전을 대비하기 위한 스피어러 전력이 향상됨을 의미했다.

도대체 로드라는 존재는 어디까지 안배를 해둔 것일까.

그는 미래를 예측하고 내다본 것일까?

인간들 중 그 어느 누군가가, 코어의 힘을 얻어 전세의 변화를 가져올 것이라는 것을 알고 있었을까? 아니면 그런 기대와 희망을 품고, 스피어 시스템 안에 이런 요소들을 넣어 두었던 것일까?

로드를 직접 볼 수 없었던 만큼 알 수는 없었다.

하지만 확실한 것은 이번 변화는 호재 중의 호재라는 것이었다.

이렇게 되면 A랭크 대에 있는 블랙 헌터나 히어로즈 클랜의 간부들은 바로 S랭크까지는 아니더라도, S랭크를 코앞에 둔 시점까지는 랭크의 변화가 있을 것이다.

어쩌면 머지않아 동원의 뒤를 이어 많은 최상위 스피어

러들이 스피어가 만들어낸 퀘스트의 굴레로부터 해방될지도 모른다.

"그리고 한 가지 더. 당신에게 드릴 물건이 있습니다."

샤아아아아.

시온의 말이 끝나기가 무섭게 동원의 손바닥 위에 무언가가 생겨났다.

하얀 빛의 돌이었다.

눈에 익은 색깔과 돌.

자세히 보니 커넥팅 스톤이었다. 자신이 퀘스트를 수행할 때, 항상 입장하기 전에 만졌던 그 돌이었다.

"이건 커넥팅 스톤이잖아. 용도가 뭐지?"

"스피어를 나서게 되면, 스피어의 외면(外面)에 그 커넥팅 스톤과 연계가 되어 있는 상대의 모습을 출력합니다. 음성과 함께요. 쉽게 말해서 아도네스 행성과 당신의 스피어를 연결해 주는 연결 고리인 것입니다."

"내 스피어는 나에게밖에 보이지 않으니, 개인적인 연락 수단이겠군."

"어쨌든 이것은 무사히 S랭크에 도달한 통과자에 대한 일종의 선물 같은 것입니다. 저는 이 스피어가 사라지지 않는 한, 언제든 여기에 있을 것입니다. 언제든지. 당신도 언제든 이 스피어 안으로 입장이 가능합니다."

동원은 시온의 말에 고개를 끄덕이고는 스피어 밖으로 나섰다.

모여 있는 스피어의 개수도 상당했고, 구매해야 할 것도 많았지만 그것은 당장 급한 일이 아니었다.

우선은 이 커넥팅 스톤을 이용해 누구와 교신이 가능한지 알고 싶었다.

포탈을 넘어가 직접 찾아가는 방법이 아닌 다른 방법으로 서로가 대화를 주고받을 수 있다면, 좀 더 빠르고 신속하게 상황에 대응하고 대처하는 것이 가능해질 것이기 때문이다.

제14장

스피어의 종착점

"유리."

"응, 오빠."

"대기 시간은 다 끝났어? 방금 스피어 안에 들어갔다가 나왔는데, 이번에 내가 코어를 획득하면서 전반적으로 랭크의 상승이 있었던 것 같아. 아마 유리에게도 변화가 일어나지 않았을까 싶은데."

"아직 대기 시간이 30분 정도 남았어요. 어떻게 됐어요?"

"S랭크. 더 이상 스피어 퀘스트를 수행하지 않아도 돼."

"정말이에요?"

"응."

"축하… 해야 하는 거겠죠?"

"달라진 건 없어. 그저 이 생존을 위한 시험만 반복하지 않게 되었을 뿐. 여전히 우리가 처한 현실에는 변함이 없지."

"다른 기술의 개방은요?"

"코어의 힘의 영향을 받아서인지 기술의 변화까지 있는 것은 아닌 것 같아. 하지만 코어의 힘을 손에 넣은 것만으로도 엄청난 변화가 생긴 것은 사실이니까."

"궁금하네요. A랭크 3단계였는데, 얼마나 올라갈지……."

이유리를 포함한 블랙 헌터 클랜의 간부들이나 각 클랜의 리더들 혹은 네임드라 불릴 법한 클랜의 간부급들은 대부분 A랭크였다.

말이 좋아 A랭크지, A랭크는 각 단계별로 퀘스트가 정말 극과 극을 달릴 정도로 내용도 다르고, 무엇보다 매우 어렵고 위험한 퀘스트들이 많았기 때문에 한 단계를 올리는 것이 쉽지 않았다.

그래서 많은 수의 상위 스피어러들이 A랭크 퀘스트에서 번번이 실패를 경험하고, 초기 단계로 롤백되는 경우가 많았다.

그래도 A랭크의 스피어러라면 매우 강력한 수준이었지만, 그 안에서도 서열이 갈렸던 것이다.

"유리, 잠시 내가 허공에다가 대고 이야기를 하는 것 같더라도 이상하게 생각하지 마. 설명은 그다음에 해줄 테니."

"알겠어요. 스피어에 관련된 모양이네요?"

"응."

이유리는 눈치가 빨랐다.

그녀는 눈치껏 동원이 대화에 전념할 수 있도록 문을 열고 밖으로 잠시 나갔다. 바람도 쐴 겸이었다.

이유리는 동원이 무언가를 하는 동안 서희에게로 전화를 걸었다.

돌아온 이후, 서희는 정말 멍한 표정이 되어서는 자신의 거처인 원룸으로 향했다.

항상 그녀의 곁을 그림자처럼 따라다니던 규현이 없었기 때문일까?

서희는 몇 번씩이고 자신의 등 뒤를 돌아보았다가는 크게 한숨을 내쉬며 눈물을 흘리곤 했다.

강한 그녀여도, 마음을 굳게 먹고 싶어도 그럴 수 없는 것 같았다.

규현을 잃은 슬픔은 비단 서희의 것만은 아니었다.

다들 드러내 놓고 내색하지 않고 있을 뿐, 규현의 빈자리는 너무나도 크게 느껴졌다.

엎친 데 덮친 격으로 지로드 산맥에서 있었던 치열한 전투에서 쌍둥이 형제가 모두 부상을 입었다.

형 황찬성은 다리에 부상을 입었는데, 그 정도가 심해 돌아오자마자 병원에 입원하여 치료를 받고 있었다.

의사의 말에 따르면 회복에는 최소 1개월 이상이 걸린다고 했으니, 어떤 수를 쓰더라도 다음번 전투에 참여하기는 힘들 터였다.

동생 황찬열은 2주 정도의 회복 기간이 필요한 옆구리 부상으로 그것보단 나았지만, 문제는 눈에 입은 상처였다.

전투 과정에서 변이체의 산성 용액이 그대로 눈을 덮치는 바람에 가까스로 눈이 녹아내리는 것까지는 막았지만, 주변의 피부가 화상을 입으며 쪼그라들었고, 그 과정에서 눈에도 상처가 났다.

때문에 시야 확보가 매우 어려웠다. 이대로라면 전투 불능이었다.

현재 형제는 나란히 병원에 입원해 있었고, 두 사람을 김단비가 간호해 주고 있었다.

"언니, 자고 있었어요? 언니, 마시고 싶은 거 있으면 사가지고 갈게요. 어떤 게 좋겠어요, 언니?"

동원이 커넥팅 스톤을 들고 스피어로 시선을 돌리는 동안, 문 밖에서 들리는 이유리의 목소리가 서서히 멀어져 갔다.

동원이 커넥팅 스톤을 들고 조심스럽게 스피어 쪽을 바라보자, 커넥팅 스톤이 한 줄기 섬광을 내며 반짝이더니 이내 스피어 속으로 빨려 들어갔다.

그 순간, 불투명했던 스피어의 외면이 유리처럼 투명한 색깔로 변하고, 이내 그 안에서 푸른빛의 얼굴을 한 존재가 서서히 모습을 드러내기 시작했다.

[로드의 시험을 통과한 첫 번째 존재는 역시 자네가 되었군. 기다리고 있었네. 멀지 않은 시간에 다시 연락을 하지. 이쪽의 장치에도 충분한 동력을 불어넣어야 대화를 이어갈 수 있네.]

"알겠습니다. 제 말이 들리십니까?"

[잘 들린다네.]

화면에 모습을 드러낸 상대는 다름 아닌 세비오르였다.

세비오르는 화면 속에 나타난 동원의 모습을 반갑게 맞이했다.

처음 동원을 보았을 때부터 평범한 인간은 아닐 것이라 생각했지만, 이렇게 로드의 시험을 처음으로 통과한 사람이 자신과 커넥팅이 되어 있던 사람이 될 것이라고는 생각도 못 했었기 때문이다.

아니, 인간들의 가능성을 낮게 보았었는지도 모른다.

시험을 통과하기도 전에 모두가 죽을 것이라 생각했다.

로드의 안배는 실패로 돌아간 것이라고도 생각했었다.

잠시 교신이 두절되고 몇 분 후.

동원은 다시 세비오르를 만날 수 있었다.

충분한 동력을 불어넣었기 때문인지 화면도 선명했고, 목소리도 아주 깨끗하게 들렸다.

동원은 그사이 커피 한 잔을 타서는 들이켜고 있었다.

머릿속에 또다시 규현에 대한 생각이 들었다가 사라지고, 담배를 입에 대고 싶은 욕구가 솟구쳤지만 참았다.

"이 장치가 있으면 실시간으로 대화가 가능한 것 같군요. 가장 필요했던 수단을 얻은 것 같습니다."

[커넥팅 스톤을 얻기 위해서는 시스템 속에서 S랭크가 되어야 하지. 지금까지는 아무도 스톤을 손에 넣지 못했지만… 그대가 가장 먼저 손에 넣게 되었어.]

"그쪽의 상황은 어떻습니까?"

동원은 아도네스 행성의 상황이 가장 걱정됐다.

기절하듯 잠에 빠졌다가 깨어나기까지 얼마의 시간이 흘렀는지 아직까지 확실하게 파악을 하고 있지 못했기 때문이다.

[아직까지는 소강상태로 있네. 코어가 사라졌으니, 더 이상 변이체들이 생성되지는 않아. 하지만 각지에 흩어져 있던 이그라드 족의 전사들이 어딘가로 집결하고 있고, 아직 확인되지 않은 소문이지만 다른 행성계에서 동족들을 집결시키고 있다는 보고도 받았네.]

"다른 행성이라면, 이그라드 족이 개척했다는 식민지 말입니까? 우리를 노렸던 것처럼……."

[맞네.]

세비오르가 고개를 끄덕였다.

지난 지로드 산맥 이후, 이그라드 족의 경계는 대폭 강화되었다.

그들은 시계 확보가 어려운 산맥이나 협곡 지대를 선택하여 집결했고, 계속되는 모래바람으로 정탐이 어려운 지역에 거처를 만들었다.

뿐만 아니라 고위 기사들을 대거 전방에 배치해서, 브리그 족의 정찰병들이 쉽게 접근하지 못하도록 했다.

확실한 것은 이그라드 족의 거점에 집결하고 있는 적들의 수가 생각 이상으로 많다는 것이다.

어렴풋이나마 기존에 아도네스 행성 전역에 퍼져 있던 이그라드 족의 수를 알고 있는 브리그 족은, 이미 추산된 예상치를 넘은 것으로 파악된 이그라드 족의 추가 증원이 이뤄진 곳은 바로 다른 식민지 행성계일 것이라 판단했다.

그것밖에 없었다.

변이체는 새로이 생성되는 것이 없는 가운데 병력이 증가했기 때문이다.

[하지만 아직까지 큰 움직임을 보이는 조짐은 없어. 이제 커넥팅 스톤을 이용해 빠르게 교신할 수 있으니, 언제든 그대에게 상황을 전달할 수 있겠군. 그 전까지는 최대한 휴식을 취하며, 지난 전투로 누적된 피로를 털어내는 게 좋겠네.]

"그렇게 할 생각입니다. 이제 더 이상 변이체들이 포탈을 넘어와 사람들을 공격하는 일은 없을 테니… 지난 웨이브를 막지 못하고 피해를 입은 지역부터 시작해서, 오염지대를 비롯해 이그라드 족과 연관된 모든 지역들을 정리할 생각입니다. 우리가 다시 이그라드 족과의 전투에 참여하기 위해 포탈을 넘게 된다면……."

동원이 잠시 말을 멈췄다.

"그때는 마지막 전투를 치르러 갈 때가 될 겁니다. 그리고 우리가 다시 포탈을 넘어올 때는 둘 중 하나가 될 겁니다. 승리자이거나, 혹은 죽어 없어진 망령이거나."

[전자가 되기 위해 우리 브리그 족이 일치단결하여 도울 것이네. 그리고 다시 포탈을 넘어오게 되면, 그때 코어의

비밀에 대해서도 알려주겠네. 그대는 꼭 알아야만 하는 코어의 비밀을.]

"알겠습니다. 상황에 변화가 생기면 언제든 말씀해 주십시오. 지체하지 않고 넘어가겠습니다."

[그렇게 하지.]

교신은 그렇게 끝이 났다.

눈을 뜨고 난 뒤, 아주 짧은 시간의 생각이었지만 동원은 어느 정도 머릿속에 그림을 그려두고 있었다.

이제 더 이상 변이체들의 공격은 없을 것이다. 그것은 민간인들에게는 희소식이었다.

하지만 지구에는 아직 산재해 있는 문제들이 많았다.

변이체들, 그리고 이그라드 족이 포탈을 열면서 생긴 변화의 잔재들이었다.

우선 중국을 포함해서 전진 기지에서의 방어전에서 웨이브를 막아내는 데 실패한 국가들은 지금도 변이체들의 처리로 골머리를 썩고 있었다.

당시 아도네스 행성에서 싸울 때는 알지 못했지만, 이번 웨이브에 등장한 변이체들은 특이 기질이 있었다.

그것은 스피어러들의 몸을 매개체로 삼아, 그 안에 새끼를 낳고 자체적으로 변이체들이 증식할 수 있도록 '번식 체계'를 가지고 있었다는 점이었다.

어느 시점에서 그런 체계가 생겨났는지는 알 수 없었지만, 전진 기지에서의 방어가 실패로 돌아가면서, 지구로 변이체들이 넘어온 국가들은 죽여도, 죽여도 줄어들지 않는 변이체들로 인해 골머리를 앓고 있었다.

악순환이었다.

상위 랭크를 차지하고 있던 스피어러들은 전진 기지에서 전멸을 당했고, 그 아래의 랭크에 위치한 스피어러들이 또 변이체와 싸우다가 죽어갔다.

그러다 보니 점점 변이체들과 싸우는 스피어러들의 수준이 낮아졌고, 피해자가 속출했다.

변이체들은 숨이 끊어지지 않은 스피어러들의 몸속에 알을 낳았고, 그 알들은 스피어러들의 살을 파먹고 순식간에 자라나 또 다른 변이체가 되었다.

동원은 처리되지 않은 변이체들이 상당수 있다는 것을 알았고, 이들을 처리하지 않고서는 아도네스 행성에서의 마지막 전투에 마음 놓고 임할 수 없다는 것을 잘 알았다.

그래서 첫 번째 계획으로 세운 것이 변이체 소탕이었다.

그다음이 바로 오염지대 정화였다.

이제 더 이상 오염지대가 생겨날 일도 없을 것이다. 변이체들이 사라졌으니 포탈이 유지되어야 할 이유도 없다.

다시 말해서 포탈을 둘러싼 이권 다툼 역시 더 이상은 불

필요해진 것이다.

단, 언제든 이그라드 족의 공격용 통로로 쓰일 수 있는 포탈들을 대거 제거할 필요가 있었다.

동원은 오염지대를 정화해 확보할 수 있는 크리스탈을 모두 확보하고, 필요한 메인 포탈을 제외한 나머지는 모두 제거할 생각이었다.

이 모든 과정에는 시간과 스피어러들의 긴밀한 공조가 필요했다.

동원은 마지막으로 머릿속에 규현의 얼굴을 담았다.

슬픔은 여전히 남아 있었지만, 이제는 정말 규현을 편하게 놓아줘야만 했다.

아직 전쟁, 전투는 끝나지 않았다. 이제 시작에 불과했다.

드르르륵.

바로 그때, 스마트폰의 진동이 울렸다.

발신자 이름, 케인.

역시나 케인의 연락은 빨랐다. 항상 그랬던 것처럼.

"케인."

—갈 길이 멀다. 곧 중국으로 이동할 거다. 그쪽이 지금 가장 변이체들로 인한 피해를 많이 보고 있는 곳이야. 블랙헌터 클랜, 아니 냉정하게 말하자면 네 도움이 절실하게 필

요하다, 동원.

"그럴 것 같았다."

—준비해 둬. 오늘 중으로 준비를 마치고, 내일이면 이동한다.

"알았다."

추진력이 좋은 리더를 두고 있는 히어로즈 클랜답게 대응이 빨랐다. 뒤처질 수는 없었다.

이제부터는 속도전이었다.

제15장

최종전 준비

뉴스에서는 이번 웨이브 방어 전투를 시작으로 거점을 역습했다.

이어서 지로드 산맥 진공(進攻)으로 대승을 거둔 스피어러들의 활약상을 속보로 보도했다.

특히 사람들은 변이체들을 생성시키고 지구로 보내는 '공장' 역할을 했던 코어가 사라졌다는 사실에 안도의 한숨을 내쉬었다.

그리고 스피어러들을 향해 열렬한 환호와 응원을 보냈다.

전투에 참여한 스피어러들 중에는 방송계에 종사하고 있는 사람들이 있어서 자연스럽게 정보들이 공개된 것이다.

덕분에 동원이나 블랙 헌터 클랜의 간부들이 기자들이나 언론사의 과도한 관심을 받으며 인터뷰를 할 필요도 없어졌다.

어떤 소식이든 스피어러에 관련된 소식이라면 특종이 될 수도 있는 분위기였다.

하지만 방송사와 언론사들은 스피어러들과의 인터뷰를 최대한 자제했다.

아직까지 모든 위험이 사라진 것이 아니며, 지난 전쟁에서 상당히 많은 수의 스피어러들이 희생당했다는 사실도 인지하고 있었기 때문이다.

그나마 대한민국은 상황이 나았다.

변이체들을 모두 전진 기지에서 방어하는 데 성공했고, 그래서 민간인 피해가 없었다. 막은 것으로 끝이 났기 때문에 추가 피해도 없었다.

그래서 사람들은 마음 놓고 거리를 다닐 수 있었고, 방송사가 전해주는 소식에 환호하거나 때로는 슬퍼하며 앞으로 스피어러들이 더 힘을 내주기를 바라면 됐다.

하지만 중국은 상황이 참담했다.

이미 중국 정부는 주변국으로 지원 요청을 보내고 있는 상태였고, 자연스럽게 동원의 블랙 헌터 클랜에도 정부 차원의 지원 요청이 들어왔다.

필요하다면 바로 중국으로 이동할 수 있도록 전세기를 띄워주겠다는 약속도 받았다.

이를 위해서 동원은 클랜 회의를 소집했다.

움직이려면 블랙 헌터 클랜뿐만 아니라, 상위 클랜들이 한꺼번에 움직이는 것이 좋았다.

중국은 그 넓은 땅덩어리만큼이나 변이체들에게 노출된 곳도 많았다.

그리고 오염지대도 각지에 산재해 있었다.

이왕이면 중국행을 통해 오염지대의 제거까지 확실하게 하는 것이 낫겠다고 판단한 것이다.

"더 이상 스피어러가 늘어나지 않는다는 점이 우리가 어느 정도의 상황까지 왔는지를 실감하게 하는군. 이제부터는 누가 더 오래 살아남는가의 싸움인가?"

"정우, 얼마나 남았지? S랭크까지."

"아직 퀘스트 세 개가 남았어. 이틀, 이틀이 더 필요해. 그 전에 포탈을 넘어가야 하면 어쩔 수 없겠지만, 더도 말고 딱 이틀만 더 여유가 있으면 좋겠군."

"다들 비슷한 것 같군요. 이틀에서 나흘 정도이니."

클랜 전체 회의에 앞서, 블랙 헌터 클랜의 간부들이 미리 모여 대화를 나누고 있었다.

구성원들의 상황도 점검하고, 직속으로 있는 스피어러들의 현황도 파악하기 위해서였다.

지로드 산맥에서의 전투로 많은 스피어러들이 희생됐고, 그것은 블랙 헌터의 클랜원도 예외가 아니었던 것이다.

지구로 돌아온 뒤, 퀘스트를 수행하는 과정에서 김혁수는 안내자를 통해 더 이상의 스피어러 보강 절차가 없을 것임을 알게 되었다.

코어가 사라졌기 때문에 변이체들도 사라졌지만, 동시에 스피어러도 더 이상 늘어나지 않게 되었다는 이야기였다.

이제부터는 말 그대로 배수의 진을 치고 싸워야 했다.

지금 있는 스피어러들이 앞으로 싸울 수 있는 전력의 전부였다.

새로이 누군가가 빈자리를 채우고, 다시 상위 스피어러가 되어 전장으로 나서는 과정은 더 이상 없는 것이다.

이유리는 서희의 옆에 있었다.

그녀를 옆에서 가까이 보살펴 줄 사람은 이유리밖에 없었다.

이번 회의에는 김윤미도 빠졌다.

전투에서 백랑이 큰 부상을 입으면서 치료가 필요해졌고, 김윤미 역시 부상을 입어 깁스를 하고 집에서 휴식을 취하고 있는 중이었다.

이번 전투로 규현을 잃었고, 쌍둥이 형제 둘과 김윤미가 전열에서 이탈했다.

"미안해요, 자꾸 이런 모습 보여서. 이제 괜찮아요. 어디까지 이야기가 된 거죠?"

"서희 씨, 랭크는 어때요?"

"저도 사흘이면 될 것 같아요. 걱정 말아요. 반드시 S랭크를 달성하고, 모든 전력을 전투에 쏟아부을 거예요. 어떤 능력이 주어지든, 어떤 힘을 얻든지 간에요."

서희의 눈은 퉁퉁 불어 있었다. 간밤에 규현을 떠올리며 흘린 눈물 때문인 것 같았다.

화장기 하나 없는 서희의 모습에서는 안쓰러움마저 느껴졌다.

그 때문인지 이유리는 옆에서 힘이 없어 보이는 서희를 부축하며, 틈틈이 이온 음료를 챙겨주었다.

동원, 이정우, 김혁수, 서희, 이유리.

회의실에는 이렇게 다섯만이 남아 있었다.

화상으로라도 회의에 참여하겠다는 쌍둥이 형제를 제외

하고 나니, 확실히 회의실 안이 조용하기는 했다.

"클랜 회의를 완료하는 대로 상위 랭크의 스피어러들을 모아 한 번에 중국으로 이동할 겁니다. 언제 어떤 식으로 브리그 족에게서 지원 요청이 올지 몰라요. 그사이에 이그라드 족의 공격이 시작될 수도 있고, 그래서 더 서두를 필요가 있어요."

동원의 말에 동료들이 고개를 끄덕였다.

동원이 커넥팅 스톤을 이용해 아도네스 행성과 직접적인 교신이 가능하다는 사실은 이미 전해 들은 후였다.

이것은 스피어러들로 하여금 움직임을 좀 더 자유롭게 했다.

이왕이면 다시 포탈을 넘어 아도네스 행성으로 갈 때는 더 이상 지구에서 신경 쓸 것이 없는 상태이면 더욱 좋았다.

"다들 마지막 휴식을 확실히 취하는 것으로 하죠. 슬픔은 잠시 접어두고, 좀 더 마음을 단단하게 만듭시다. 서희 씨가 웃는 모습을 빨리 보고 싶군요."

"그래요… 미안해요, 혁수 씨. 조금이면 돼요. 조금만… 추스를 시간을 주세요."

"슬퍼할 수 있을 때, 슬퍼질 수 있는 만큼 빠져보는 것도 나쁘진 않을 겁니다. 서희 씨, 아직 우리는 갈 길이 멀어요.

잠깐의 휴식이 마음을 달랠 수 있는 시간이길 간절히 바랍니다."

이정우도 평소와 달리 진중한 목소리로 그녀에게 위로를 건넸다.

서희는 미안한 마음에 몇 번이고 고개를 끄덕였다.

그녀는 잘 알고 있었다.

자신의 이런 나약한 모습이 얼마나 동료들을 힘들게 하는지, 그리고 이런 모습은 저세상에 있을 규현이 절대 바라지 않는 모습이라는 것도.

다만… 규현을 굳게 마음먹고 보내줄 시간이 조금 더 필요했다.

"동원 씨, 괜찮으면……."

"그렇게 해. 그게 좋을 것 같다."

클랜 회의는 동원이 충분히 주재할 수 있었다.

옆에서 보조를 해줄 김혁수가 있으면 됐고, 클랜원들에 대한 정보 수합은 이정우가 충분히 할 수 있었다.

동원은 이유리가 서희를 좀 더 곁에서 챙겨주길 바랐고, 그녀 역시 눈치 있게 바로 움직였다.

그렇게 회의실에서 두 여인이 빠져나가고 나자, 안은 더욱 황량해졌다.

세 남자만이 남은 회의실에 잠시 적막이 감돌고.

이정우가 말문을 열었다.

“동원, 느낌은 어때?”

“어떤 느낌? 코어를 얻고 난 이후의 몸의 변화에 대해서?”

동원의 답에 이정우가 고개를 끄덕였다. 김혁수도 내심 궁금해하는 눈치였다.

“스피어 안에서 스탯을 확인했을 텐데.”

“과거와는 달리 비정상적인 수치라 해도 무방할 정도로 향상되어 있었어. 특히 힘이나 민첩성 부분이 그러했고, 덕분에 기술들에 붙는 계수가 높아졌으니 데미지도 증가했지. 하지만 스스로 체감하는 변화는 거의 없어. 마치 오래전부터 이런 몸을 가지고 있었던 것처럼 자연스러울 뿐…….”

“후후, 영화의 한 장면처럼 손가락질 한 번에 저 멀리 날아가거나 그러지는 않을까 해서 말이야.”

“내가 자의로 힘을 끌어올리는 것이 아니라면, 나는 일반인과 다를 게 없어. 이 힘은 오로지 이그라드 족과의 전투를 위해서만 써야 하겠지. 그 점은 계속해서 인지하고 있어. 실수하는 일이 없도록.”

“다음 전투는 어떤 형태로든 마지막이 되겠군요. 후후. 크게 놀아보기에는 좋은 한판이겠습니다.”

김혁수가 미소를 지으며 말했다.

그는 이번 지로드 산맥 전투에서, 최종 전선에서 이정우와 함께 필사적으로 전사들과 싸웠다.

거기서 버텨준 덕분에 동원이 아게로―아제로 형제와의 전투에 전념할 수 있었고, 최상의 결과를 얻을 수 있었던 것이다.

김혁수와의 첫 인연은 서울 스퀘어에서 있었던 빅 웨이브 방어로 시작됐고, 그때만 해도 선의의 경쟁자로 생각했을 뿐 동료가 될 것이라고는 생각지 않았었다.

운명이란 이런 것이다.

때로는 적 혹은 남이나 다름없었던 사람을 동료로 만들고, 영원히 곁에 있을 것 같았던 사람의 목숨을 앗아가기도 한다.

동원은 신을 믿지는 않았지만, 운명은 믿었다.

사람에게는 정해진 어떤 '삶의 길' 같은 것이 있을 것이라고.

김혁수가 마지막이라는 단어를 쓰니, 더욱 실감이 났다.

그럴 것이다.

다음번의 전투는 이그라드의 로드 자그네트와 그의 군단과의 전쟁이 될 것이고, 이 전쟁은 반드시 어떤 형태로든 결론이 날 것이다.

어느 한쪽은 패할 것이고, 패자의 미래는 한없이 어두워질 것이 분명했다.

동원은 당연히 그 패자가 자신과 브리그 족이 아니길 바랐다.

아니, 패자가 되지 않도록 전력을 다할 생각이었다.

지금 곁에 있는 사람들을 또 잃게 될지도 모를 일이었다.

어쩌면 동원 자신이 위험에 처할 수도 있었다.

그리고 혹… 전쟁의 끝에서 자신이 살아 있으리라는 보장도 할 수 없었다.

동원은 미련을 두지는 않았다.

이 지독한 악연의 고리를 끊을 수 있다면, 죽음도… 나쁘지 않겠다는 생각이 들었다.

목숨을 아까워하고 싶지는 않았다.

"정우, 히어로즈 클랜과 연계해서 전 세계에 있는 오염지대의 위치를 표시한 지도와 변이체들이 정리되지 않은 국가와 도시에 대한 정보를 정리해서 가져다줘. 클랜 회의가 끝나는 대로 신속하게 처리가 필요한 곳에 대한 계획을 세워야겠어."

"알았다."

"혁수 씨는 스피어러 네트워크를 이용해서 도움이 필요한 국가와 해당 국가에서 이동 수단을 신속하게 확보할 수 있는지, 정리되지 않은 변이체들의 규모는 어느 정도인지 파악해 주십시오."

"알겠습니다."

동원이 빠르게 지시를 내렸다.

지금으로서는 이정우와 김혁수가 가장 신속하게 동원의 명령을 수행해 줄 수 있는 사람이었다.

서희는 휴식이 필요했고, 그녀의 곁에는 이유리가 있어야 했다.

"후… 녀석들."

동원의 머릿속에 문득 쌍둥이 황찬성과 황찬열의 얼굴이 스쳐 지나갔다.

이렇게 손이 많이 가고, 바쁘고, 궂은일들은 모두 쌍둥이들의 몫이었다.

하여 이번 전투에서 입은 부상은 두 사람에게 너무나도 뼈아픈 손실이었다.

더불어 동원의 팀에도 큰 손실이었다.

"두 사람, 그럼 그렇게 부탁합니다."

"알겠습니다."

"알았다, 걱정 마."

어느덧 클랜 회의를 주재할 시간이 되었다.

이정우와 김혁수가 먼저 사무실 밖으로 발걸음을 옮겼다.

그리고 동원은 클랜 회의를 열기로 한 블랙 헌터 지부 내의 회의실로 향했다.

『월드 플레이어』 7권에 계속…